古诗里的丝绸之路

风物篇

吴舒静　张思桥　主编

少年儿童出版社

序言

　　中国古典诗词是中华优秀传统文化的重要组成部分，传承千载，历久弥新。当今天我们阅读这些作品的时候，能从中感受到许多不同层面的特点：精致的语言形式，丰富的情感表达，深厚的人文内涵，多样的文人情趣，等等。虽然是文学作品，但在古典诗词中包含和体现着我们的历史、民俗、思想和文化。这些内容突破时空的限制，唤起我们对于生命、智慧、品格、审美的丰富感悟。

　　近年来，随着《中国诗词大会》等电视节目的热播，古诗词的阅读和学习引发了全社会的普遍关注，曾经属于古代精英阶层的文化创造，正以一种雅俗共赏的方式，走进我们的日常生活。关于古诗词的出版物也非常多样，有的按照时间线索进行编纂，有的以诗人为专题进行划分。越来越多的孩子通过这些作品积累文学知识，领略多彩历史；在品鉴诗词的文字之外，发现古人生活中的酸甜苦辣，感受中华民族之所以一脉千年的文化必然。

　　《古诗里的丝绸之路·城市篇》和《古诗里的丝绸之路·风物篇》这两本集子为我们提供了又一种阅读诗歌的角度，那就是以古代丝绸之路为线索，用与之相关的诗歌绘制一条西行漫游的线路图。书中有我们非常熟悉的诗歌，如《送元二使安西》《从军行》《凉州词》，也有相对陌生但经典的作品，如《莫高窟咏》《经火山》《听安万善吹觱篥歌》。两本书图文并茂，涉及的内容相当丰富。每首诗的解读首先从语言形式和情感表达入手，以符合语文学习的体例方式展开讲解；然后引导读者探寻诗歌中涉及的丝路城市历史和人文景观；最后再用简短的篇幅展现这些地方的今日风貌。趣味人文历史与古典诗歌的结合，将原本距离我们非常遥远的静态作品变得鲜活立体。

　　古代诗人穿行在沙漠与绿洲交错绵延的丝绸之路上，到访不同的城市，面对不同的风景，创作的心境和表达的情感也必然会有所不同。当大家在阅读这些作品的时候，不妨先将自己喜欢的诗歌熟读背诵。熟悉了这些诗歌以后，试着将自己放在诗人的位置上，设身处地地想象他们的内心世界，大胆体悟诗歌中的情感和意境。如果觉得有些诗不那么容易理解也没有关系，只要足够熟悉，等到长大后积累了更多知识再蓦然回首，一定能够产生更深的体会。

　　我在给读者的一封信中曾经写道：一个爱诗的民族是有希望的，一个爱诗的家庭是有教养的，一个爱诗的孩子是有品位的。中国是诗词的国度，希望每一位热爱古诗词的读者能在不断的阅读中，积累知识，获得慰藉，传承并弘扬属于我们的文化精髓。

方笑一
2021 年 11 月

前 言

　　亲爱的读者，你知道"丝绸之路"吗？

　　翻开历史书，我们会发现，这条道路的开辟和汉代张骞出使西域有关。公元前138年，张骞奉汉武帝之命，从长安出发，踏上了前往西域的漫漫征途，目标是联络大月氏共同对抗匈奴。13年之后，历尽艰险的张骞终于回到长安，虽然没能完成任务，但他把自己在西域各国的见闻向汉武帝进行了汇报。之后，在公元前119年，张骞再次率领使团，带着丝绸、金币、牛羊等物品，走访了西域的许多国家。

　　张骞出使西域的举动被后来的人称为"凿空"，为我们揭开了丝绸之路的发展序幕。从汉代开始，东西方的商旅、使者、工匠等，纷纷通过这条陆上通道互相拜访、进行贸易。在古时候，中国出产的丝绸非常珍贵，是身份地位的象征，还具有货币的功能，所以"丝绸"就成为了中西往来过程中最具代表的贸易商品。频繁的交往也渐渐形成了一些主要的道路。汉代，从长安出发，到达河西走廊尽头的敦煌后，丝绸之路可以分为南北两条路线：南道出阳关，经若羌、和田，缘塔里木盆地南沿前往印度诸国；北道出玉门关，经吐鲁番，缘塔里木盆地北沿、天山南麓，前往大宛诸国。到了唐代，又增添了新北道（原来汉代的北道变为"中道"），出敦煌经哈密西去，前往地中海。这三条道路跨越天山南北，通向四面八方。

　　不过"丝绸之路"的正式提出要等到19世纪，德国地理学家费迪南·冯·李希霍芬在《中国》一书中首先提出了这个概念。"丝绸之路"最初是指中国与中亚河中地区、印度之间的贸易交通路线；后来，随着丝绸之路研究的不断拓展，我们渐渐意识到，"丝绸之路"并不是一条由此及彼的线状的道路，而是将许多地方联系起来的一系列路线，更像是一个网络，在这个网络中，人们进行物品的贸易和思想的交流。因此，凡是经古代中国到相邻各国的交通路线，包括海上、陆上均可称之为"丝绸之路"，于是出现了"海上丝绸之路""草原丝绸之路""南方丝绸之路"等各种概念。

但在本书中，我们所选的诗歌主要还是对应于较早的经中亚陆路的"丝绸之路"，也被称为"绿洲路"或"沙漠路"。这部分路网中的城市（可以理解为广义的"城市"概念，包括今天的自治州、市、县等行政区划）及其周边景点，留下了许多古人的足迹和诗歌作品。有时展现"牦牛互市番氓出，宛马临关汉使回"的生活景象，有时描绘"大漠孤烟直，长河落日圆"的自然景观；有时表达"西出阳关无故人"的离别之情，有时传递"不破楼兰终不还"的坚毅之心……

这套书分为"城市篇"和"风物篇"两册，考虑到诗歌篇幅与关联度，每册选择25首诗歌，表现25座与丝绸之路相关的城市，以及与这些城市相关的自然风光、人文景观和民俗传统。"城市篇"通过诗歌赏析和历史地理知识的结合，展现丝路城市的古今风貌；"风物篇"则选取与这些城市有关的风景、遗址和民俗，以更为多样和生动的主题为大家展现丝路上的生活世界。

如果你愿意的话，还可以把这两本书进行对照阅读，你会发现，这两本书中的内容可以相互参照，帮你加深理解。通过这种诗歌和历史的互鉴，希望能够引领你发现古典文学的魅力，畅游丝绸之路的古今，用文学的形式，探索我们的过去、当下与未来。

86 古诗里的 嘉峪关 《出嘉峪关感赋(其二)》林则徐

92 古诗里的 玉门关 《凉州词(其一)》王之涣

98 古诗里的 莫高窟 《莫高窟咏》佚名

104 古诗里的 阳关 《题阳关图(其一)》黄庭坚

110 古诗里的 哈密道中(其一)》王树枏

116 古诗里的 星星峡 《入塞》刘希夷

122 古诗里的 交河故城

128 古诗里的 柳中城 《鲁陈城》陈诚

134 古诗里的 火焰山 《经火山》岑参

140 古诗里的 坎儿井 《四十八坎儿》施补华

146 古诗里的 铁门关 《题铁门关楼》岑参

152 古诗里的 轮台 《水调词(其十)》陈陶

古诗里的 龟兹乐 《听安万善吹觱篥歌》李颀

目录

- 8　古诗里的大明宫　《和贾舍人早朝大明宫之作》王维
- 14　古诗里的大雁塔　《礼慈恩寺题诗》吕大防
- 20　古诗里的渭水　《忆江上吴处士》贾岛
- 26　古诗里的咸阳桥　《咸阳值雨》温庭筠
- 32　古诗里的茂陵　《茂陵》李商隐
- 38　古诗里的大散关　《书愤》陆游
- 44　古诗里的麟州　《留题麟州》范仲淹
- 50　古诗里的萧关　《塞上曲（其一）》王昌龄
- 56　古诗里的五泉山　《游五泉山》黄谏
- 62　古诗里的青海湖　《从军行（其四）》王昌龄
- 68　古诗里的祁连山　《关山月》李白
- 74　古诗里的焉支山　《从军行（其三）》区大相
- 80　古诗里的居延　《使至塞上》王维

古诗里的大明宫

和贾舍人早朝大明宫之作
唐·王维

绛帻鸡人送晓筹①,尚衣方进翠云裘②。
九天阊阖③开宫殿,万国衣冠拜冕旒④。
日色才临仙掌⑤动,香烟欲傍衮龙⑥浮。
朝罢须裁五色诏⑦,佩声归到凤池⑧头。

创作背景

本诗是一首和（hè）诗——用来答和他人诗作的诗歌。唐乾元元年（758年）春天，王维与贾至、杜甫、岑参同朝为官，办公地点在大明宫。贾至先写了一首《早朝大明宫呈两省僚友》，王维、杜甫和岑参都写了和诗。

细解字词

① 绛帻（jiàng zé）：用红布包头，好像鸡冠状。鸡人：古代宫中报时的人。筹：古代夜间计时、打更的牌子。

② 尚衣：古代官名，唐代有尚衣局，掌管皇帝的服装。翠云裘（qiú）：绣着翠云纹的皮衣。

③ 九天：表明天的广阔，这里借指皇帝宫室。阊阖（chāng hé）：原指传说中西边的天门，后泛指宫门，也同样可指宫殿、朝廷。

④ 衣冠：指文武百官。冕旒（miǎn liú）：古代帝王、诸侯及卿大夫的礼冠，这里代指皇帝。

⑤ 仙掌："掌"就是掌扇，宫中的一种仪仗，用来遮风避日。

⑥ 衮（gǔn）龙：指皇帝的龙袍。

⑦ 五色诏（zhào）：用五色纸所写的诏书。

⑧ 佩声：古人挂在身上的玉器，走动时会发出声响。凤池：凤凰池，古代宫廷池沼，魏晋南北朝时中书省的所在地，后来多以凤凰池指宰相之位。

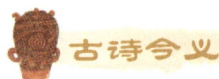 古诗今义

头戴红巾的卫士在宫门外高声报晓,掌管御服的侍者捧上绣着翠云的皮袍。

层叠的宫殿如同九重天门接连打开,文武百官和异邦使臣一齐向皇帝朝拜。

蔽日的掌扇随着日光的照耀而移动,香炉的轻烟绕着天子的龙袍飘忽浮动。

早朝后的贾舍人用五色纸起草诏书,佩饰的声响告诉我们他已回到中书省。

 教你赏析

这首诗写了早朝前、中、后三个阶段,利用细节描写和场景渲染,描绘了大明宫早朝的庄严和帝王的威仪。

诗歌开篇,诗人选择了"送晓筹"和"进翠云裘"两个细节,显示了宫廷中庄严肃穆的特点,为即将开始的早朝制造气氛。

中间四句正面描写早朝景象。诗人用概括叙述和具体描写,表现场面的宏伟和帝王的尊贵。层层叠叠的宫殿大门接连打开,雄伟壮丽;文武百官和万国使节朝拜天子,气势非凡,也彰显了盛唐时期的气象。诗人通过仙掌挡日和香烟缭绕,制造出宫廷特有的雍容华贵。"临"和"动","傍"和"浮"紧密关联,具有动感,也显示皇帝的骄贵。如果说第二联是从大处着笔,那么第三联则是从细处落墨,两句相得益彰。

结尾两句关联了贾至的诗句:"共沐恩波凤池里,朝朝染翰侍君

王。"早朝过后,皇帝有事诏告,所以贾至要到办公地去用五色纸起草诏书了。"佩声"是以身上佩戴的饰物发出的声音代指人的行动,形象而充满动感。

整首诗用词瑰丽,构造精心,给我们带来了华美的诗歌艺术。

 丝路景语

大明宫是举世闻名的唐长安城"三大内"(太极宫、大明宫、兴庆宫)中最为辉煌的建筑群。它坐落在唐长安城宫城东北侧的龙首原上,利用了天然的地理环境进行修建,是东方园林建筑艺术的杰作,被誉为丝绸之路的"东方圣殿",曾经有17位皇帝在这里处理朝政。

大明宫被誉为"千宫之宫",那它到底有多大呢?据传唐大明宫占地约3.5平方公里,相当于3个凡尔赛宫、4.5个故宫、12个克里

我从西域来,我穿的是唐朝官员日常所穿的服装哦!

▲ 彩绘胡人文吏俑
现藏于陕西历史博物馆

姆林宫、13个卢浮宫、15个白金汉宫！这充分展现了唐代宫城建筑的雄伟风貌。

唐代随丝路的发展，越来越多的使臣和商人从西域来到中原。长安城大明宫的早朝队伍里，不乏从天竺（zhú）、波斯、龟兹（qiū cí）、疏勒等西域国家来唐任职的官员。唐朝也是中国古代历史上最为开放的朝代，当重大事典或节日来临时，万国来朝，气象万千，诗歌里的"万国衣冠拜冕旒"，可谓是对古代场景的真实描绘。

今日风貌

大明宫遗址是1961年国务院公布的首批全国重点文物保护单位。今天，我们在大明宫的旧址上，建成了大明宫国家遗址公园，它位于陕西省西安市新城区，已成为千年古都西安的重要标志。宫城为中轴对称格局，前部由丹凤门、含元殿、宣政殿、紫宸殿等组成，后部以太液池为中心组成内庭，分布着麟德殿、三清殿、大福殿、清思殿等数十座殿宇楼阁。2014年，大明宫遗址作为"丝绸之路：长安—天山廊道的路网"中的一处遗址点，被成功列入《世界遗产名录》。

你知道吗

为什么皇帝的帽子前后挂着很多珠子？

诗歌中提到的冕旒，是古代汉族礼冠的一种。一般人是不能随便佩戴冕旒的，古代帝王、诸侯、卿大夫参加盛大祭祀活动时才会佩戴。

仔细观察，我们会发现，冕旒的顶端有一块长板，它被称为"延"，延通常前圆后方，用来象征天圆地方。延的前后垂有若干串珠玉，用彩线穿起，叫"旒"，珠玉的数量和材质是区分尊卑的标志。那为什么要佩戴冕旒呢？有的说是为了"蔽明"，意思是在帝王眼前置一道珠帘，不让他完全看清楚，因为身为领袖的人，必须洞察大体而能包容细小的瑕疵；同时，也不让别人看清楚自己，因为身为天子，龙颜为上天所赐，不是普通人可以看到的。还有一种说法是，帝王戴冕旒，是要时刻约束自身，不要疾行，不要动怒，否则珠子发出噼里啪啦的声音，会影响帝王的威严。

▲ 冕旒

关 / 于 / 诗 / 人

　　王维（701—761），字摩诘，号摩诘居士，河东蒲州（今山西运城）人，唐代著名诗人。因在唐肃宗乾元年间任尚书右丞，故世称"王右丞"。他的诗大多歌咏山水田园，与孟浩然合称"王孟"。因信奉佛教，王维的山水田园诗具有禅意美，所以他又有"诗佛"之称。有《王右丞集》传世。

古诗里的大雁塔

礼慈恩寺题诗

宋·吕大防

玄奘①译经垂千秋,
慈恩古刹②闻九州③。
雁塔④巍然立大地,
曲江⑤陂头⑥流饮⑦酒。

 创作背景

　　唐朝时，新科进士及第会登临大雁塔题诗留念，对后世"雁塔题名"的文化活动产生了很大影响。吕大防曾主持刻制《长安图》还原唐代城市地图，这首诗则表现了对唐时雁塔题诗传统的延续。

 细解字词

① 玄奘（zàng）：唐代著名高僧，本名陈祎（yī），被尊称为"三藏法师"，后世俗称"唐僧"，被世界人民誉为中外文化交流的杰出使者。
② 慈恩古刹（chà）：即慈恩寺，唐长安城内最宏大的佛寺，当时寺内有庭院13座、房舍1897间（包括翻经院），极为豪华壮观。
③ 九州：相传古代大禹治水时，把天下分为九州，于是九州就成了古代汉地的代名词，也可以是古代中国的代称。
④ 雁塔：即大雁塔，又名"慈恩寺塔"。
⑤ 曲江：曲江位于陕西省西安市南郊，兴于秦汉，盛于隋唐，是一处极为秀丽的皇家园林。
⑥ 陂（bēi）头：筑在大小河道上拦溪蓄水的水利设施。
⑦ 流饮：古代有上巳（sì）节，汉以前在农历三月上旬的巳日，魏晋以后定为农历三月初三。这一天，人们在水边聚会，祈福消灾。水边宴饮时，将酒杯置于水中随水流动，漂到谁跟前，谁就取杯饮酒，称为"流觞（shāng）曲水"。古时在曲江园林内的曲江池水旁，也常举行这样的活动。

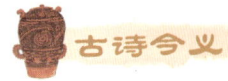 古诗今义

玄奘翻译经书的功绩名垂千古,
古韵悠悠的大慈恩寺闻名全国。
巍峨的大雁塔庄严地挺立院中,
美丽的曲江岸边我们流觞曲水。

 教你赏析

大雁塔不仅是佛教圣地,也是诗词楹(yíng)联荟萃的宝地,吕大防的诗歌便是其中之一。整首诗内容通俗,简洁易懂。

诗歌首句"玄奘译经垂千秋"中的玄奘是唐代著名高僧。为探究佛教各派学说,唐贞观三年(629年),玄奘西行五万里赴天竺(即今天的印度)求法,历经艰辛,在唐贞观十九年(645年)回到长安。归来后的他长期从事佛经翻译的工作,并将自己西游亲历的西域山川、地理、物产、习俗编写成《大唐西域记》。

"慈恩古刹闻九州"和"雁塔巍然立大地"两句,表现了慈恩寺和大雁塔两大长安建筑的壮丽巍峨。唐贞观二十二年(648年),太子李治追念其生母文德皇后,下令建造慈恩寺,并迎请玄奘担任上座法师,掌管寺院。大雁塔则是唐永徽三年(652年),玄奘法师为供奉从天竺请回的经像、舍利,奏请高宗允许而修建的。当时,大雁塔高耸入云,巍然屹立。

诗歌末句"曲江陂头流饮酒"表现了三月初三,友人于曲江水边集结宴饮的美好景象,这是作者想象中的情景再现,也表达了一种向往之情。

整首诗以明白晓畅的语言,描写了宏远幽静的慈恩寺、巍然屹立的大雁塔、文雅欢乐的曲江宴饮,为我们绘出宏伟壮丽的盛唐画卷。

丝路景语

唐长安城曾是古代丝绸之路的起点,一千多年前,玄奘从长安出发,沿着丝绸之路一路西行,历尽千辛万苦,终于到达今天的印度求取佛法。玄奘西行前后历经17年,游历100多个国家,带回600多部佛经,还有珍贵的佛舍利、佛像等。

从西域回到长安后,玄奘在大慈恩寺内翻译佛经,和弟子们共翻译了75部佛经,合集1335卷,又申请修建大雁塔以存放经书、佛像。他亲自设计并监造大雁塔,甚至背负竹筐,担运砖石。起初塔只有5层,

西行路途真遥远啊!

武则天时增加到 10 层,后来遭兵灾损毁后保留下 7 层。大雁塔的塔体呈方形锥体,底层四面有石门,门楣上有精美的线刻佛像。底层南门洞两侧镶嵌着两座石碑,刻有唐太宗李世民撰写的《大唐三藏圣教序》和唐高宗李治撰写的《大唐皇帝述三藏圣教序记》,均由唐代书法家褚(chǔ)遂良书写,被后世称为"二圣三绝碑"。

"七级浮屠耀三界,五千经卷播四方",大雁塔就像一座参天丰碑,记载了佛教东传并融入汉文化的历史往事。

今日风貌

今天的大雁塔是古城西安的地标之一,以大雁塔为中心,建设有占地近千亩的大雁塔广场。大雁塔是现存最早、规模最大的唐代四方楼阁式砖塔,塔共 7 层,高约 64.5 米,底边长约 25.5 米,古朴而简洁。塔内供奉有珍贵的佛舍利和释迦牟尼佛像,展示有《玄奘负笈像碑》、《玄奘译经图碑》、贝叶经等文物。1961 年,大雁塔被列入第一批全国重点文物保护单位。2014 年,大雁塔也作为"丝绸之路:长安—天山廊道的路网"中的一处遗址点,被列入《世界遗产名录》。

你知道吗

除了大雁塔,还有小雁塔吗?

在大雁塔的西北面,有一座小雁塔,也是唐长安城保留至今的重要古建筑,"丝绸之路:长安—天山廊道的路网"遗址点之一。小雁

塔修建在荐福寺内，玄奘最初就是在荐福寺内翻译佛经的，后来从荐福寺移至慈恩寺继续翻译工作。与大雁塔稍有不同，小雁塔是密檐式方形塔楼。密檐式塔从楼阁式塔演变而来，塔底层较高，塔檐更多更密。小雁塔外轮廓秀丽，塔原有15层，现存13层，高约43米，是唐代早期密檐塔的典型。

▲ 小雁塔

关于诗人

吕大防（1027—1097），字微仲，京兆府蓝田（今陕西蓝田）人，北宋时期政治家、书法家。吕大防在政治、军事、地理、文学等多方面有所建树，与其兄吕大忠，其弟吕大钧、吕大临合称蓝田"吕氏四贤"。著有《汲公文录》二十卷、《文录掇遗》一卷，有书法作品《示问帖》传世。

古诗里的渭水

忆江上吴处士①

唐·贾岛

闽国②扬帆去,蟾蜍③亏复团。
秋风生渭水④,落叶满长安⑤。
此地聚会夕,当时雷雨寒。
兰桡殊⑥未返,消息海云端⑦。

创作背景

诗人贾岛曾在京城长安结识了一位隐居不仕的朋友吴处士。后来吴处士离开长安前往福建一带，贾岛思念友人，于是写下了这首诗。

细解字词

① 处（chǔ）士：原指有德才而隐居不愿做官的人，后来泛指没有做过官的读书人。
② 闽（mǐn）国：指今天的福建一带。
③ 蟾蜍（chán chú）：传说月中有蟾蜍，后被用来代指月亮。
④ 渭水：渭河，发源于甘肃渭原县，横贯陕西，东至潼关汇入黄河。
⑤ 长安：即今天的西安。
⑥ 兰桡（ráo）：用木兰树制成的船桨，这里用来指代船。桡，船桨。殊：犹。
⑦ 海云端：海云边。因福建一带临海，所以有这样的表达。

古诗今义

自从你扬帆远航前往福建，月亮已经几度亏而又圆。
长安现在已是秋季，秋风吹动渭水，城中洒满落叶。
我还记得为你在水边饯行，雷雨交加使人感到寒冷。
你仍没有坐船返回，关于你的消息，还远在海云边。

教你赏析

　　这是一首感情充沛的五言律诗。整首诗围绕诗题中的"忆"字展开，通过对送别场景的回忆和今日长安的刻画，用平实的语言传递了深深的思念。

　　首联中的"闽国扬帆去"交代了吴处士扬帆所去之处在福建地区，点明了空间上的遥远；而"蟾蜍亏复团"则利用月圆月缺的意象，说明了时间上的久远，表达了诗人无一日不思念友人的真挚情感。

　　第二联渲染了一幅今日长安的萧瑟秋景图，第三联则还原了与友人送别时雷雨交加的场景，构成了今昔对比。诗人融情于景，利用对比寄托了浓厚的思念之情。"秋风生渭水，落叶满长安"炼字极为精妙："生"给人风吹水流的动态感与真实感；"满"字则使秋日长安的萧条景象涌入眼帘，极具色彩感与画面感。这两句诗对后世的影响也非常大，如宋代周邦彦《齐天乐》词中的"渭水西风，长安乱叶，空忆诗情宛转"，元代白朴《梧桐雨》杂剧中的"伤心故园，西风渭水，落日长安"，都是从这两句诗化用而来的。

　　尾联的"兰桡殊未返，消息海云端"不仅传达出诗人内心对吴处

士的思念，同时还包含一层担心与焦虑——吴处士的船只为什么还没有返回呢？他现在音信全无，究竟是一种什么样的处境呢？这正是诗家常说的"言有尽而意无穷"，不用把话讲得明明白白，读者自然能够从余韵中体会到回味隽永的感觉。

丝路景语

渭河，古称渭水，是黄河最大的支流。渭河发源于甘肃省定西市渭源县鸟鼠山，主要流经甘肃天水、陕西关中平原的宝鸡、咸阳、西安、渭南等地，最终在渭南市潼关县汇入黄河，全长818公里，流域面积有13余万平方公里。中国最早的城市就出现在渭河两岸——咸阳在渭河北岸，西安在渭河南岸。在很长一个历史阶段中，这里是华夏文明最为繁荣的地方。

历史上的渭河是重要的航道。通常认为，自长安以西，古代丝绸之路可分为南、中、北三条路线。其中，南线由长安沿渭河过陇关、天水等地，越大斗拔谷（今偏都口）至河西走廊；北线则由长安沿渭河过宝鸡等地，渡过黄河前往河西走廊。由此可见，渭河在丝绸之路上有着极其重要的历史地位。

今日风貌

渭河是关中平原的生命线，顺流而下，有宝鸡、咸阳、西安、渭南等城市。渭河由秦岭北侧和六盘山东西两侧众多河流汇聚而成，古代有"八水绕长安"的说法,八水是指渭、泾(jīng)、沣(fēng)、涝(lào)、潏(jué)、滈(hào)、浐(chǎn)、灞(bà)八条河流;除了渭河,其他七水都是渭河的支流,先由七水汇入渭河,然后渭河再汇入黄河。由渭河及其支流泾河、洛河等冲积而成的渭河平原,是中国第四大平原,这里自古灌溉发达,盛产小麦、棉花等农作物,是中国重要的商品粮产区,被称为"金城千里,天府之国"。近年来,在推动生态文明建设、坚持绿色发展之路的引导下,渭河经济带走上了高质量发展道路。

 你知道吗

"泾渭分明"是什么意思?

说到渭河和泾河,很多人会想到"泾渭分明"这个词。《诗经·邶风·谷风》中有:"泾以渭浊,湜(shí)湜其沚(zhǐ)。"意思是泾河水清,渭河水浑,当泾河的水流入渭河时,则清浊不分。泾河和渭河本是两条截然不同的河流。泾河发源于宁夏南部的六盘山东麓,向东南流经

▲ 泾渭分明的景象

甘肃，在陕西高陵县汇入渭河；渭河则发源于甘肃渭源县鸟鼠山，东流横穿陕西渭河平原，在潼关县入黄河。在西安市高陵区交汇时，泾河与渭河之间有非常明显的界线，于是就形成了"泾渭分明"的景观。今天，我们多用这个成语来比喻界限清楚或是非分明。了解了这个成语的来源后，是不是更好理解了呢？

关/于/诗/人

贾岛（779—843），字阆（làng）仙，一作浪仙，自号碣石山人，范阳（今河北涿州）人。早年曾出家为僧，法名无本，还俗后多次参加科举，但始终没有中第，后来凭借诗歌受到韩愈赏识。贾岛与孟郊同为晚唐著名诗人，有"郊寒岛瘦"之称。贾岛的诗歌以苦吟著称，意象多荒凉清寒。著有《长江集》，全唐诗存其诗四卷。

古诗里的咸阳桥

咸阳值①雨

唐·温庭筠

咸阳桥②上雨如悬，
万点空蒙③隔钓船。
还似洞庭春水色，
晓云将入岳阳④天。

 **创作背景**

唐大中元年（847年）春，温庭筠（yún）曾到洞庭湖游玩，留下诗句"自有晚风推楚浪，不劳春色染湘烟"。当诗人在咸阳碰见一场雨时，他想起了洞庭湖时的光景，便写下了这首诗作。

 **细解字词**

① 值：碰见，遇到
② 咸阳桥：即西渭桥，又名便桥，在渭河之上，位于长安城北门外，是从长安西去的交通要道。
③ 空蒙：形容水汽迷蒙的样子，又如苏轼《饮湖上初晴后雨》一诗中的"山色空蒙雨亦奇"。
④ 岳阳：古称岳州、巴陵，位于湖南省东北角，西临洞庭湖，是湘楚文化重要的发源地。

 **古诗今义**

咸阳桥上雨丝密集，织成一张水帘，
河上的钓船隐在水帘之后，若隐若现。
咸阳桥下水流清澈，如同洞庭湖水，
破晓的云朵朝着岳阳方向，缓缓移动。

教你赏析

　　这首诗用明快而简洁的笔调，描绘了诗人在清晨咸阳桥的所见与所思。

　　一、二句选取了"咸阳桥"与"钓船"一大一小两个意象，从不同的角度写出了这场雨带给人的视觉体验。咸阳桥上空，雨脚细密，如细细织就的一张帘幕，高悬在桥上；而桥下渭河上的钓船，明明相距不远，但与诗人却好像隔了数万点雨滴。"万点"以夸张的手法写出雨点的密集，"空濛"则渲染出水雾缭绕的氛围，"隔"字更是生动地描绘了钓船隐在水雾中，模糊朦胧的状态，这也为下文的联想做了铺垫。

　　三、四句写诗人的主观感受。咸阳位于中原地区，雨水并不十分充足，而在洞庭湖，这样的景色是常有的。当这场大雨落下，令整座咸阳城都盈满水汽的时候，诗人不禁想起了自己曾经在洞庭湖见到的景色：低处的渭河由于雨势浩大，显得茫然而望不到边际，正如烟波浩渺的洞庭湖；而天上大片的云朵，带着水汽慢慢移动，好像真要带着诗人一起飘向岳阳。

　　整首诗虚实结合，借洞庭之景写出了一幅烟雨朦胧、清新旷远的咸阳雨景图，突破了空间上的限制，给人以无限联想。

 **丝路景语**

　　长安位于关中平原腹地，南面依山，三面环水——东面是灞河，北面是渭河，西面是沣河。要出长安城，除非往南越过海拔超过两千米的秦岭，否则都要渡河。灞桥是人们往东的必经之地，咸阳桥则是

西行的交通要道。

咸阳桥始建于西汉建元三年（公元前138年），当时汉武帝为了方便视察茂陵的修建情况，命人在沣河汇入渭河之处修建了一座桥，因为与汉代长安城的便门相对，所以名为"便桥"；又因在中渭桥之西，又称"西渭桥"。唐代，过了便桥就到了咸阳，所以改名为"咸阳桥"。唐代的咸阳桥经过整修，成为连接西行大路的主要桥梁。唐太宗李世民曾与突厥（jué）颉利可汗（xié lì kè hán）在这座桥上会盟，不仅解除了兵临城下的危机，还恢复了通往西域的道路。经丝绸之路往来于长安的商旅会在这里歇脚，于是在咸阳桥附近形成了繁华市场。

大诗人杜甫在《兵车行》中曾写道："车辚辚，马萧萧，行人弓箭各在腰。爷娘妻子走相送，尘埃不见咸阳桥。"这里描绘了战士经咸阳桥离开故乡、远赴边疆时，与家人告别的场景，表现了古时的咸阳桥带给人们的离愁别绪。

在如今的咸阳境内，渭河上架起了四座现代化大桥，从西至东依次是3号桥（秦都桥）、1号桥（咸阳桥）、2号桥（渭城桥）、4号桥（上林桥）。离丝绸之路上的古咸阳桥最近的是1号桥，它的全名是"咸阳渭河一号桥"，坐落在

▲ 咸阳桥

咸阳市区西南侧，靠近秦都桥，是咸阳市重要的城市桥梁，也是如今的西兰公路通向甘肃、新疆的必经要道。这座现代化的咸阳桥由苏联专家设计，1954年完成建设。由于承担了重要的道路运输功能，桥梁一度老化严重。

2005年，当地政府拆除了1954年的旧桥，在原位另建新桥。后来，随着2号桥和3号桥的通车，咸阳桥的车流量有所缓解。2008年，奥运会火炬在咸阳站传递时，也曾经过咸阳桥，为今日咸阳桥增添了令人难忘的文化标记。

你知道吗

"咸阳古渡"是怎样的景象？

"咸阳古渡"是陕西地区著名的"关中八景"之一。秦代，渭河上已经建起了中渭桥；汉代，汉景帝和汉武帝又分别修建了东渭桥和西渭桥，后者就是咸阳桥。当时，城门会在晚上关闭，陆上的交通受到

限制，于是统治者又在西渭桥附近修建了一个渡口，名为"渭河渡口"，又称"咸阳渡口"。晚上，各地的船只在渭河上来来往往，灯火通明，一片繁华景象。在唐代的安史之乱中，咸阳桥被焚毁，于是，咸阳渡口承担了咸阳桥很大一部分的运输功能。明清时期，在冬季水落之时，渡口将船只连接起来，上铺木板，供行人通过，春夏则仍然乘舟渡河。因为特殊的舟桥相济的形式，咸阳渡口又被称为"渭河浮桥"。今天，在咸阳古渡遗址博物馆中，可以更具体地看到这座渡口历经的烽火与兴衰。

关 / 于 / 诗 / 人

温庭筠（约812—约870），原名温岐，字飞卿，太原祁县（今山西祁县）人，唐初宰相温彦博的后代。温庭筠精通音律，才思敏捷，相传他八次叉手便能成诗八韵，人称"温八叉"。诗与李商隐齐名，并称"温李"，词与韦庄齐名，并称"温韦"。温庭筠被尊为花间词派的鼻祖，风格绮错婉媚。著有《温飞卿诗集》，《全唐诗》存诗九卷。

古诗里的茂陵

茂陵①

唐·李商隐

汉家天马出蒲梢②,苜蓿榴花遍近郊③。
内苑只知含凤嘴④,属车无复插鸡翘⑤。
玉桃偷得怜方朔⑥,金屋修成贮阿娇⑦。
谁料苏卿老归国⑧,茂陵松柏雨萧萧。

 **创作背景**

本诗大约创作于唐会昌六年（846年），这一年八月，33岁的唐武宗因服用"仙丹"而亡，葬在端陵。李商隐借这首咏史诗，既有对武宗功绩的称赞，也有对先帝迷信方士、中毒而亡的批判。

 **细解字词**

① 茂陵：汉武帝陵墓，在今陕西咸阳兴平市东北。
② 蒲梢（pú shāo）：古代骏马名，《史记·乐书》载："（汉武帝）后伐大宛（yuān），得千里马，马名蒲梢。次作以为歌。"
③ 苜蓿（mù xu）：豆科植物，原产新疆一带，因大宛马爱吃，汉武帝便命人广泛种植。榴花：石榴花。苜蓿和石榴都是张骞出使西域带回中原的。
④ 凤嘴：胶泥的名称，传说煮凤嘴和麟角作胶泥，可以粘合弓弩刀剑的断裂处。这句指皇帝出宫游猎。
⑤ 属车：皇帝出行时的侍从车。鸡翘：皇帝出巡时，属车上插有用羽毛装饰的旗。这句指皇帝微服出巡。
⑥ 玉桃：传说人吃后可长生不老的仙桃。方朔（shuò）：东方朔，汉武帝时文人，性格诙谐滑稽。民间流传有东方朔为汉武帝偷仙桃的故事。
⑦ 阿娇：汉武帝陈皇后的小名。相传武帝年幼时曾说，如得阿娇为妻，将筑金屋以藏之。
⑧ 苏卿：苏武，字子卿，汉武帝时出使匈奴，被扣留十九年，重回长安时，武帝已死。

 古诗今义

汉家天子的马厩中有西域宝马蒲梢，苜蓿和石榴的种植遍布长安近郊。

宫中侍从跟随并服侍皇帝外出游猎，没有插上鸡翘的车代表微服出巡。

武帝宠爱曾为自己偷仙桃的东方朔，他也曾经发誓建筑金屋迎娶阿娇。

谁能知道苏武从匈奴再次回到长安，只能在雨中山林见到武帝的陵墓。

 教你赏析

李商隐生活在晚唐，此时唐王朝的国力每况愈下，往日的盛世景象已经远去。这首诗写于唐武宗执政时期，抒发了诗人对于先帝的追思以及对时局的忧虑。

诗歌前两句咏叹汉武帝出征大宛，并派遣张骞出使西域，不仅获取了千里马，还在长安郊外到处都种上了从西域引进的石榴、苜蓿。这里同时也是借汉武帝歌咏唐武宗抗击回鹘（hú）的英明神武。

中间的四句则与一、二句形成了对照，描绘了汉武帝沉迷打猎，经常微服私游不用插"鸡翘"标志的随从陪驾，屡冒风险；这和武宗迷恋游猎，荒废政事如出一辙。除此之外，汉武帝还迷信方士，因美色而耽误政事；这又和武宗不认真求贤致治，崇信道士赵归真，宠爱王才人等宫嫔非常相似。

诗歌最后两句是总结。等到在匈奴持节牧羊十九载的苏武回到长

安，只能看到武帝陵寝的松柏，在潇潇风雨中散发出无尽的惋惜和哀愁；从李商隐的角度则想表达：我为母亲守孝刚回京不久，武宗皇帝就大驾归天！从此国家和个人的前途都令人忧心。

　　这首七言律诗借咏汉武帝的功过，在象征和隐喻中抒发了作者对唐武宗的追思与批评；句句用典，事有出处，达到了凝练而隽永的艺术风格。

 丝路景语

我出土于茂陵的一处陪葬墓，曾是皇家宫殿中的生活用器。

▲ 鎏金银竹节铜熏炉
现藏于陕西历史博物馆

　　当我们说起丝绸之路，第一个绕不过去的人就是汉武帝刘彻。我们都知道张骞出使西域，打开了东西方交流的官方通道，而派遣张骞出使、让丝绸之路成为一段照耀世界历史文明之路的人，就是汉武帝。

　　汉代的时候，厚葬制非常盛行，汉武帝即位的第二年（公元前139年）就开始征集工匠，营造陵墓，因为地处西汉怀礼县茂乡而取名"茂陵"。茂陵高约46.5米，东、西、南、北各底边都超过200米，历时53年才修建完成，是汉代帝王陵墓中修造工期最长、规模最大、陪葬品最丰富的一座陵墓，被称为"中国的金字塔"。据《晋书》记载，当时修陵和征集随葬物品的费用占武帝时期全国税赋的三分之一。汉武帝下葬时，口含玉蝉，身穿金缕玉衣，随葬物品多到根本无法全部收纳，可见其奢华的程度啊！

今日风貌

今天，茂陵已成为陕西咸阳的一处地标。除茂陵外，咸阳市北原上还建有长陵、安陵、阳陵和平陵四座汉代帝王陵墓，因此也被称为"五陵原"。本体最为高大的茂陵独树一帜，周围有20多个陪葬墓，大多埋葬着西汉时期的贵族和功臣，比如卫青、霍去病、李夫人等。1961年，茂陵和霍去病墓被列为第一批全国重点文物保护单位，此后在霍去病墓前建立起茂陵博物馆，陈列茂陵附近出土的珍贵文物和原置于霍去病墓前的16件大型石雕。这组包括跃马、伏虎、卧牛、卧象等造型的石雕，手法简练，气势浑厚，是我国最早、最大、最完整的大型石雕群。

▲ 茂陵伏虎石雕

最令地铁建设头疼的地方在哪里？

常言道："南方的才子北方的将，陕西的黄土埋皇上。"作为华夏文化的重要发祥地，陕西有着黄帝陵、秦始皇陵、汉高祖长陵、唐高宗与武则天合葬的乾陵等众多帝王陵。其中，被称为"十三朝古都"的西安，更是埋藏了许多大大小小的历史人物，因此西安人总调侃："西安修地铁，忙坏了文物局。"西安修建地铁2号线，沿途发现古墓130多座，出土重要文物200余件。地处西安东郊隋唐墓葬密集区的地铁8号线长鸣路车辆段，更是勘探发现古墓1300余座。地铁施工队、文物局、考古队、规划处、发改委都需要在修建的过程中，为不断出现的"惊喜"而忙碌，在文物保护优先的前提下，西安的地铁修建可谓是"慢工出细活"。

关于诗人

李商隐（约813—约858），字义山，号玉谿（xī）生，怀州河内（今河南沁阳）人，晚唐著名诗人，与温庭筠并称"温李"，与杜牧并称"小李杜"。唐开成二年（837年）进士及第，任秘书省校书郎。后来因受"牛李党争"（牛僧孺与李德裕）影响，被人排挤，潦倒终身。李商隐擅长七律和七绝，构思奇特，富于文采，情致婉曲，具有独特风格，他的无题诗极为著名。著有《李义山诗集》。

古诗里的大散关

书愤①

宋·陆游

早岁那知世事艰②,中原北望气如山③。
楼船夜雪瓜洲渡④,铁马秋风大散关⑤。
塞上长城空自许⑥,镜中衰鬓已先斑⑦。
出师一表真名世⑧,千载谁堪伯仲间⑨。

创作背景

本诗创作于宋淳熙十三年（1186年），当时62岁的陆游已经退居家中六年。诗人回忆曾经豪迈雄武的军旅生涯，有感于自己鬓发先斑而壮志难酬。

细解字词

① 书愤：书写自己的愤恨之情。

② 早岁：早年，指自己年轻的时候。那：同"哪"。

③ 气如山：形容收复故土的豪情壮志。

④ 楼船：古代一种大型战船。瓜洲渡：地名，位于今天的江苏扬州邗（hán）江南面，是古运河下游与长江交汇处，为古时的江防要地。宋绍兴三十一年（1161年），宋军在瓜洲一带据险坚守，成功阻挡金兵渡江南进。

⑤ 铁马：配有铁甲的战马。大散关：关名，在陕西宝鸡西南的大散岭上，也称散关。陆游在王炎幕府时，曾戍（shù）守大散关抗击金兵。

⑥ 塞上长城：南朝宋时名将檀道济因遭陷害而死，临死时自比为万里长城。这里是诗人的自比，形容空有报国之心却没有效力的机会。

⑦ 衰鬓（bìn）：年老而疏白的鬓发。斑：黑发中夹杂的白发。

⑧ 出师一表：即《出师表》，三国时诸葛亮为北伐而作，这里诗人借此来表达自己收复故土的志向。

⑨ 伯仲间：比喻不分上下，相差无几。伯仲，指兄弟间排行的次序。

 古诗今义

年轻时哪知世事艰难，常常北望中原大地，收复失地的壮志不可遏制。

犹记得茫茫雪夜之中，瓜洲渡口痛击金兵，萧瑟秋风中纵横散关抗敌。

想当初自比塞上长城，立壮志为国家抗敌，如今两鬓斑白仍未能实现。

《出师表》名扬后世，我也愿效法诸葛亮，为国家北伐中原收复故地。

 教你赏析

这首诗是陆游的名篇之一，所谓"书愤"，意思就是表达自己的愤恨。当时陆游被罢官后，只能赋闲在家，直到写作本诗，年过花甲的诗人才再度出山，担任朝奉大夫、权知严州军州事，主持地方的军队和民政事务。但他的报国主张却没有得到朝廷的任何回应。因此诗歌开篇，诗人将时间拨回过去，遥想自己当年北望中原，收复失地的壮志有如山涌，何等气魄！然而在现实中，报国之路竟如此艰难。

诗歌第二联仍然回顾往事，诗人不用动词，以"楼船""夜雪""铁马""秋风"等意象，为我们营造了发生在南宋紧张而激烈的战斗画面。瓜洲渡击退金兵和大散关失而复得，都充满着胜利的希望，使得读者的情绪也为之振奋。可是在接下来的两句诗中，这种高昂的情绪陡然下落，诗人虽然忠心为国，但是屡屡遭受打击，如今已两鬓斑白，也没能一展自己的抱负。在"空"和"已"这两个字中，包含了诗人

面对理想与现实差距时的无奈和惆怅。

最后两句诗人借诸葛亮的《出师表》，寄托自己愿为国家收复故土的理想坚定不移。整首诗气概悲壮，语意深沉，围绕"愤"字，将内心功业未成而身先老矣的悲愤展现得淋漓尽致，批判了南宋当权者的苟且偷安，也以诗歌表达了自己的宏图壮志。

丝路景语

大散关，古代也称散关，位于今天陕西省宝鸡市西南的大散岭上。我们知道，宝鸡是一个因路而兴的城市，是古代丝绸之路上的重要驿站，那么作为宝鸡的重要节点之一，大散关自古就成了出入关中的要地，也是通往巴蜀、汉中等西南地区的要塞。

大散关进可攻、退可守，地理优势突出，是历代兵家必争之地。据记载，这里曾发生过70余次战役。秦汉时期，汉高祖刘邦采取韩信"明修栈道，暗度陈仓"的计策（唐代以后陈仓改名宝鸡），故意派少数人修栈道，迷惑敌人，暗中绕道奔袭陈仓，取得胜利，这中间就经过了大散关。三国时期，曹操从陈仓过大散关，向西征伐张鲁；诸葛亮二出祁（qí）山，每次必夺大散关，占陈仓。在诗人陆游所处的南宋时期，宋将吴玠（jiè）、吴璘（lín）聚集兵力，依仗大散关的险要地势，多次阻挡了金兵的进攻。

除了重要的战略地位以外，大散关还凭借着特殊的地理位置和风貌，吸引了大批文人墨客驻足游览。大诗人王维曾写过"危径几万转，数里将三休"，描绘的就是大散关附近的一条山路。王勃、李白、杜甫、李商隐、苏轼等人，也都曾写作关于大散关的诗歌，有时间不妨找来阅读比较一番吧。

# 今日风貌

作为扼守关中的咽喉要道,大散关见证了历史上的商贸往来与金戈铁马。今天,在现代交通路网的建设下,曾经崎岖险要的大散关发展为吸引游客来此观光的历史遗址。大散关关城位置曾多次变迁,今天在陕西省宝鸡市

▲ 古大散关遗址森林公园入口处

渭滨区建有古大散关遗址森林公园,在苍郁古木的掩映下,沿山路拾级而上,既可以领略秦岭的自然风貌,也能够在沿途眺望古关城的遗址,感受古栈道的风光。

你知道吗

"楼船"是什么船?

诗歌中出现的楼船,是中国古代的一种巨型战船,因为船上有多层建筑,外观似楼,所以得名。早在春秋时期,人们就建造了重楼式结构的战船。发展到汉代,楼船配备有帆和船尾舵,配合冲锋船、快船、重武装船等船只,在水战中发

挥着重要作用，汉代的水军也有了"楼船军"的称号。三国时期有"飞云号""盖海号"等大型楼船，可载3000名士卒。但楼船重心高，抗风能力较差，孙权的"长安号"就因此沉没。除了战争之外，楼船也被当作一种高级的游船。《秋风辞》中汉武帝记叙了自己乘楼船泛游的经历，《后汉书》中记录了东汉曾经建造过用丝帛（bó）装饰的"十层赤楼帛兰船"。

关于诗人

陆游（1125—1210），字务观，号放翁，越州山阴（今浙江绍兴）人，是南宋时期著名的爱国诗人。陆游早年因主张收复失地，受秦桧排斥，秦桧死后始出仕，晚年退居家乡。陆游今存九千余首诗歌，诗风豪放健朗，充满爱国激情；此外，他在词、散文和文学理论方面也有所建树。著有《剑南诗稿》《渭南文集》《老学庵笔记》等。

古诗里的麟州

留题麟州①

宋·范仲淹

宣恩②来到极西州③,
城下羌山④隔一流⑤。
不见耕桑⑥见烽火,
愿封丞相富人侯⑦。

 **创作背景**

宋庆历四年（1044年）九月，范仲淹作为陕西、河东宣抚使，受朝廷之命巡边西北，并于十月巡视麟州。他考察了麟州的民生民情，作此诗表达对地方官的谆谆教诲。

 **细解字词**

① 麟州：在今陕西省榆林市神木县北。
② 宣恩：传达皇帝的慰问。
③ 极西州：这里是指麟州地处宋代西部边陲，非常偏远。
④ 羌（qiāng）山：今毛乌素沙漠南沿，当时为西夏的领地。
⑤ 隔一流：麟州城建立在古时铁建山山顶，城对面是西夏人活动的羌山，二者之间相隔一条窟（kū）野河。
⑥ 耕桑：耕种和蚕桑，即农事。
⑦ 富人侯：即富民侯，汉武帝晚年后悔连年征战，曾封丞相车千秋为富民侯，取"大安天下，富实百姓"之意。这里表达诗人对朝廷的谏言和对生活安定的希望。

 **古诗今义**

为了传达皇上的慰问，我来到麟州这一边陲之地。
此处与西夏国的羌山，隔着一条窟野河相互对峙。

我看不见农忙的景象,只能看见战士报信的烽火。

不禁想起西汉富民侯,真希望百姓有安定的生活。

 教你赏析

这首诗没有华丽的辞藻和复杂的技巧,但朴素语言中饱含对民众的体察与关切。

诗歌前两句"宣恩来到极西州,城下羌山隔一流",交代了诗人的行程和目的,简要地为我们勾勒出麟州与羌山一带的地形特征。诗中的麟州城坐落在窟野河东岸的山顶上,城最高处有一座红楼,从这里登高远眺,就能看到西夏的领地羌山。当时宋朝和西夏正处于对峙局面,就在范仲淹巡边的前几年,西夏首领李元昊曾率数万精兵大举围攻麟州。所以诗中的羌山也暗示了当时紧张的政治局势。

后两句"不见耕桑见烽火,原封丞相富人侯",巧妙地衔接了诗人当下的所见所闻与古代的政治寓言。据史书记载,范仲淹看到麟州城"四面边疆,并无城寨防护,人户不敢复业",觉得百姓的生活艰苦,难免忧心忡忡。不过,诗人没有直接批判,而是娴熟地运用了典故"富民侯"来表达建议。汉武帝晚年崇信方术,听信谗言,猜疑自己的亲生儿子刘据,使得刘据被迫发兵自卫,最终失败自杀。后来,汉武帝常常为自己的昏庸残暴感到后悔,所以将为刘据鸣冤的车千秋封为"富民侯",希望他成为一位安天下、富百姓的高官,让兵祸连结、骨肉相残的事情不再发生。

诗人表面上是在"谈古",实际上仍在"论今",诗人通过景象和典故表达对于休养生息,百姓安居乐业的渴望之情。

丝路景语

麟州城，也称杨家城，最初建于唐开元十二年（724年），治所在新秦（今陕西神木北），天宝元年时改为新秦郡。北宋乾德五年（967年），麟州的治所才移至今天神木西北的杨家城，也就是诗歌中窟野河的东岸。神木在历史上一直是守卫中原的边关重镇，与西夏国对望的麟州更是重要的军事基地。

从唐、五代到北宋，麟州发生了三十多次战事。唐广德元年（763年），吐蕃（bō）趁"安史之乱"从大震关直驱长安，与唐朝多次发生激战。吐蕃与唐朝的战斗也影响了古代丝绸之路的畅通，为了保护东西往来的使者和商旅，唐朝在回纥（hé）国——后改称回鹘——的帮助下开辟了"回纥道"，麟州也成为其中一个节点。

到唐宣宗时，麟州才得以收复。人们修缮了城垣，在西边城头上修建了一座高大挺拔、瞭望四野的军事望哨"红楼"。唐朝覆灭后出现了五代十国的割据政权，五代前期，麟州当地的杨弘信（又称杨信）为保卫地方、抵御外敌，成为了麟州的"一方之主"。杨弘信逝世后，因长子杨业已前往太原，由次子杨重勋继任。北宋建隆元年（960年），杨重勋率麟州百姓归顺宋朝，此后杨家几代人镇守麟州一百余年，留下了浓墨重彩的印记，这也是此地别名"杨家城"的由来。

今日风貌

麟州见证了历史的风起云涌，诞生过许多英雄豪杰。2002年，榆林市文物管理办公室在神木县政府的委托下，调查、挖掘了杨家城遗址，发现了东城、西城、紫锦城三个城区，以及陶、瓷、石、铜、铁等建

▲ 杨家城将军祠

筑物构件。2006年，麟州故城被列入第六批全国重点文物保护单位，这座昔日神秘而沧桑的边塞古城，也逐渐进入人们的视野当中。在北宋时，将军山上有纪念杨家将的将军庙，后经神木市政府重新修缮，更名为"将军祠"。

 你知道吗

"杨家将"的故事从哪儿来？

麟州刺史杨弘信对于今天的人们来说可能有些陌生，但杨弘信后人的故事却家喻户晓，并留下了许多异彩纷呈、广为传颂的传奇——

他们就是北宋时期的"杨家将"。杨弘信之子杨业、杨业之子杨延昭、杨延昭之子杨文广，都是北宋时期的名将。明朝年间，有人根据杨家将的故事，创作了《杨家府演义》《杨家将传》等作品，后来出现了戏曲、小说、评书中津津乐道的"七郎八虎"，佘（shé）赛花、穆桂英、杨排风等"杨门女将"。《杨继业归宋》《杨七郎打擂》《大破天门镇》《穆桂英挂帅》等故事经久不衰，感动了一代又一代的读者和观众。

▲ 穆桂英挂帅

关于诗人

范仲淹（989—1052），字希文，谥号文正，苏州吴县（今属江苏）人，北宋著名文学家、政治家、军事家。范仲淹为政清廉，力主改革，曾与富弼（bì）、欧阳修等推行新政，后因奸臣诬陷，屡次被贬。有《范文正公文集》传世，他的"先天下之忧而忧，后天下之乐而乐"（《岳阳楼记》）等名句，广为后世传诵。

古诗里的萧关

塞上曲[①]（其一）
唐·王昌龄

蝉鸣空桑林[②]，八月萧关[③]道。
出塞入塞寒，处处黄芦草。
从来幽并[④]客，皆共尘沙老。
莫学游侠儿[⑤]，矜夸紫骝好[⑥]。

有学者认为,王昌龄在唐开元十五年(727年)进士登第之前,曾经出玉门关到西域,因此创作了一系列边塞诗。不过在现存的王昌龄生平资料中,还没有相应的证据。诗人可能是通过广阔联想,创作了此诗。

① 塞上曲:有些版本写作《塞下曲》。《塞上曲》和《塞下曲》都出自汉乐府,多描写边塞风光,军中生活。
② 空桑林:秋天桑林叶落,变得空旷、稀疏。
③ 萧关:古关名,在长安以西;故址在今宁夏固原县东南。
④ 幽并(bīng):幽州和并州,古代的边防要地,相当于今天的河北、山西、辽宁部分地区。
⑤ 游侠儿:指恃勇气而轻生死的年轻人。
⑥ 矜(jīn):自夸。紫骝(liú):紫红色的马,泛指骏马。这里是批判只知道炫耀装备、自夸武力的年轻人,表达诗人的反战情绪。

农历八月的萧关古道秋意茫茫,桑叶凋零而寒蝉悲鸣。
塞内塞外都浸透在阵阵寒气中,遍地都是枯黄的芦草。

自古幽并二州的男儿驰骋沙场，与尘土黄沙伴随到老。
不要学那些自恃勇武的游侠儿，只知道自夸拥有骏马。

教你赏析

王昌龄是唐代著名的边塞诗人，被后人誉为"七绝圣手"。这首《塞上曲》借助汉乐府诗题直抒胸臆，表达了对戍边战士的同情和敬意，也抒发了非战之情。

诗的前四句写景，交代了地点和季节。诗人选取了"蝉鸣""桑林""萧关""芦草"等意象，为我们描绘了一幅边塞秋景图。这些意象在中国古代诗歌中是典型的悲情代名词，诗人在开头选取这些意象，仅用寥寥数语，就营造出了一种荒凉、萧瑟的氛围，为全诗奠定了悲凉的情感基调。

诗的后四句写人，表达了对长期守卫边塞的将士的无限同情，同时也劝诫年轻人要摒弃浮夸的风气。"从来幽并客，皆共尘沙老"，诗人说"幽并客"与"沙尘"一起老去，言下之意就是说他们一生都在驰骋沙场。王翰创作的边塞名篇《凉州词》中，有一句"醉卧沙场君莫笑，古来征战几人回"，与本诗有着异曲同工之妙。最后诗人笔锋一转，劝勉少年不要学习游侠儿只知自恃勇武、炫耀骏马，整日耀武扬威，因为多少英雄都已葬身在黄沙之中。诗人将"幽并客"和"游侠儿"进行对比，表达了对戍边将士的称颂和边塞生活的感叹，以及对于结束战事后安定生活的渴望。

 丝路景语

当我们说起萧关的时候,常常会有两处联想:一处是位于甘肃庆阳环县城北的秦代萧关,还有一处就是本诗中说到的汉代萧关。

汉代萧关是三关口以北、古瓦亭峡以南的一段险要峡谷,有泾水相伴。作为"关中四关"之一,萧关是中原通往塞北及河西走廊的要道:出东南可直驱中原沃土,北过黄河可至广阔的大草原,向西则通向甘肃、新疆等辽阔地域,这样的地理位置决定了它在军事和交通上具有重要价值。

自古以来,萧关就是防御侵扰的屏障,据说汉武帝曾六出萧关,巡视边塞。公元前166年,十四万匈奴骑兵突袭汉朝,攻入萧关,长安危在旦夕。当时的皇帝汉文帝派遣十万汉军出战,长安才得以保全。历史上赫赫有名的飞将军李广,在这次战争中因为不俗的战绩被汉文帝赏识,受到重用。

萧关也是古代丝绸之路北道的必经之地,是由中原通往西域的交通要道。"萧关道"因萧关得名,萧关古道的大致走向是由长安出发,沿泾河过固原、海原,在靖远县北渡黄河,经过景泰直达武威。使节、僧侣、商人来往于萧关道,中国的金银器、丝织品通过这里运往西方,西方的良马、香料、果蔬也从这里传到了中国。丝绸之路促进了东西文化的往来,而作为古代丝路支线的萧关道,也见证了这种文明的联系与交流。

萧关很重要!

今日风貌

如今的萧关，已经成为了历史和文化的象征。我们能够欣赏到萧关所在峡谷的四季景色，这里草木葱郁，冬季的雪景也十分动人。现代化的铁路和公路穿过古萧关道，在泾河发源地、宁夏最南端的泾源县，建起了萧关遗址文化园。园内恢复了 150 米的萧关城墙，建立了汉阙（què）门（汉代设在城门、宫门、道口、宗庙和陵墓前的装饰性建筑）、碑亭、望夫亭、秦楼等。园内还有由三幅画和十五首汉唐时期吟咏萧关的古诗组成的浮雕，游客可从这些浮雕中了解萧关的历史。

▲ 萧关遗址文化园汉阙门

你知道吗

"关中四关"有哪四关？

东函谷关、南武关、西大散关、北萧关是古代著名的"关中四关"，到了东汉之后，函谷关被潼关所取代。我们常说的"关中"就是指四关之中的地域。古代是冷兵器时代,因此设置好关隘就成了各朝代进行军事防御的重要战略。所谓"一夫当关,万夫莫开",就是在强调地理上具有优势的关隘是十分强大的。"关中四关"是中国历史上十分重要的关隘,易守难攻,处于深谷险阻之地,正是由于这样特殊的地理位置,历来就是兵家必争之地。自古以来就有"得关中者得天下"的说法,所以"关中四关"见证了许多金戈铁马和刀光剑影。

关/于/诗/人

王昌龄(约698—约756),字少伯,京兆万年(今陕西西安)人,另一说是河东晋阳(今山西太原)人,唐代著名边塞诗人。早年贫困,年近四十才考中进士,但为官后仕途不顺,多次遭遇贬谪,安史之乱时,惨遭亳(bó)州刺史杀害。王昌龄擅长五七言绝句,创作的边塞诗最为人称道,有"诗家夫子""七绝圣手"的美誉,有《王江宁集》传世。

古诗里的五泉山

游五泉山①

明·黄谏

水绕禅林②左右连,萧萧③古木带寒烟。
共夸城外新兰若④,自是人间小洞天⑤。
僧住上方如辋画⑥,雨余下土应丰年⑦。
明朝再拟⑧同游赏,竹里行厨⑨引涧泉⑩。

创作背景

明代著名学者、外交家黄谏是兰州人,曾应邀为家乡撰写《金城关记》。《游五泉山》书写了兰州五泉山,在当时的文坛享有声誉。

细解字词

① 五泉山:位于今天的兰州皋(gāo)兰山北麓。
② 禅林:佛寺的别称。
③ 萧萧:拟声词,形容树叶被风吹落的声音。
④ 兰若(rě):佛教名词,是梵语 aranya 音译"阿兰若"的简称;原意是森林,引申为寂静、空闲的场所,也泛指佛寺。
⑤ 洞天:道教名词,这里指道士修行的场所,仙人居住的洞府。
⑥ 罨(yǎn)画:色彩鲜明的画作。
⑦ 丰年:丰收之年。这里是说雨量充足,地里就应该丰收。
⑧ 拟:打算,准备。
⑨ 行厨:出游时携带酒和食物。
⑩ 涧(jiàn)泉:涧是细小的山间裂缝,从这里流出的泉水被称为涧泉。

古诗今义

深林里的寺院被流水环绕,古树的落叶萦绕着一层寒冷的烟雾。我们都赞叹城外的新佛寺,那儿简直就像是仙人们居住的福地。

僧人的住所周围风景如画，丰沛的雨水应该能给明年带来丰收。明早我还想与友人来这里，带着酒水和食物去竹林泉水边赏玩。

这首诗用简洁的语言，描绘了五泉山中的清幽景色。

自古以来，五泉山就是兰州的游览胜地，首联写五泉山上寺院的景色，但并没有直接描写寺院，而是写水流环绕、古树落叶的景象，从侧面烘托出山中幽静、清冷的氛围，也为下文说此处是"人间洞天"做铺垫。第二联以游人的口吻进行侧面描写，道出了此行的原因——城外新建了一座寺院，三五好友相约前往游赏。兰若是寺院的别称，洞天则是想象中道教仙人居所的称谓，这里用来形容寺院周围清静幽僻，身处其中，令人忘却尘世的烦恼。

第三联移步换景，由远及近，写走近寺院，看清了僧人居住的寺院景色，如一幅色彩鲜明的画卷，有一种宁静清幽的氛围。同时，丰沛的雨水汇聚成源源不断的溪流，一路往下流进农田里，滋养了山下的作物。在这样适宜的气候下，诗人祈愿明年的收成会很好。这两句突出了五泉山人杰地灵，环境的滋养与僧人的聚居让这里成为名副其实的"小洞天"。最后一句诗人希望还能与朋友们再来游玩，去竹林里饮酒赏乐，享受山间的清幽与宁静，表达了诗人对五泉山的喜爱与对高雅情致的追求。

整首诗歌给人清新的阅读感受，用文字表现行动，描绘了兰州五泉山的清静悠远，也表达了诗人对于故乡的热爱之情。

丝路景语

五泉山位于丝绸之路上的重要城市兰州，在兰州城南的皋兰山北麓，因为山上的甘露泉、掬（jū）月泉、摸子泉、惠泉、蒙泉五处泉水而得名。

相传这五眼泉水与汉代名将霍去病有关。汉武帝时期，霍去病曾多次率兵出征匈奴。其中一次，他带领大军从长安出发一路向西，经过多天的艰难行军来到一座山前驻扎。可山上光秃秃的，没有水源。战士们又累又渴，霍去病心急之下，用鞭子朝路边挥去，连挥五鞭，击出五处泉眼。战士们喝到水后，士气大振，继续向西进发，在战斗中取得大捷。

这个故事的真实性恐怕很低，但历史上记载，公元前121年，霍去病曾在皋兰山与匈奴卢胡王、折兰王的主力大战过一场，或许他的确曾经到过背倚皋兰山的五泉山上呢！

在丝路沿线干旱的土山中，五泉山的清澈山泉真是令人惊叹的存在。

今日风貌

今天的五泉山上修建了五泉山公园，园内树木葱茏，风景如画。五泉山上曾修建了许多佛塔寺庙，可惜这些建筑后

▲ 今日五泉山甘露泉六角亭

来都毁于战火，现在我们能看到的建筑大多是明清时期修建的。修建于明代的崇庆寺是五泉山上留存最早、最完整的古建筑，清乾隆、同治年间两次经历战火，于清光绪年间重新修补，后来更名为"浚（jùn）源寺"。寺内金刚殿供有一尊铜接引佛，铸造于明洪武三年（1370年），高5.33米，身围2.65米，重达万斤。这尊佛像是1954年从兰州东关接引寺移至此处的，是甘肃省重点文物保护单位。

▲ 五泉山公园入口处

 你知道吗

"洞天"为什么与道教有关？

我们常常会用"别有洞天"来形容风景的引人入胜，那么这个词里的"洞天"和诗歌里的"小洞天"有什么关系呢？其实，"洞天"一词来源于道教，道教文化中有"洞天福地"的概念。"洞天"是指

通天的山洞，是仙人居住的地方；"福地"则是受福的圣地，有真人居住。"洞天福地"构成了修道之人心中完美的修行场所，古代道教书籍中总结归纳出了十大洞天、三十六小洞天和七十二福地；比如"五岳"之首泰山，在三十六小洞天中被认为是第二洞天，第一洞天则是闽东的霍童山。这些充满神奇色彩的"洞天福地"，已经发展成如今的旅游圣地，为我们留下了丰富的自然和人文景观。

关/于/诗/人

黄谏（1403—1465），字廷臣，号卓庵，晚年又号兰坡，兰县（今甘肃兰州）人。明正统七年（1442年）中探花，任翰林院侍读学士。黄谏是明代知名学者、诗人、外交家，著有《诗经集解》《书经集解》《使南稿》《兰坡集》等，但大多散佚，现存诗一首、赋两篇、散文七篇。

古诗里的青海湖

从军行①（其四）
唐·王昌龄

青海②长云③暗雪山④,
孤城遥望玉门关⑤。
黄沙百战穿金甲⑥,
不破楼兰⑦终不还。

 **创作背景**

王昌龄曾写作《从军行》组诗七首，从不同的角度描绘了西北边地的战事与战士，本诗是其中的第四首。

 **细解字词**

① 从军行：乐府旧题，多以军旅战争为题材。
② 青海：即青海湖，是唐朝与吐蕃的交战之地，位于今天的青海省，四面有大通山、日月山、青海南山和橡皮山围绕。
③ 长云：连绵不断的云。
④ 雪山：即祁连山，山顶终年覆盖着积雪。
⑤ 玉门关：汉玉门关，今天普遍认为故址在甘肃敦煌西北小方盘城。汉武帝时期，因西域输入玉石时取道于此而得名，也是当时汉朝通往西域各地的门户。
⑥ 金甲：金属片缀成的护甲。
⑦ 楼兰：古西域国名，遗址在今新疆巴音郭楞（léng）蒙古自治州若羌县境，罗布泊西，是汉代丝绸之路南道的所经之地。这里借指与唐朝有冲突的西北部族。

 **古诗今义**

青海湖上连绵的战云使雪山黯然无光，

屹立在边地的孤城与玉门关遥遥相望。
大漠黄沙已经磨破了身经百战的铠甲，
战士誓言不打败敌人坚决不返回家乡。

 教你赏析

这是王昌龄边塞诗中极为著名的篇章，诗人通过一系列边地意象的塑造，从侧面烘托了战地的艰苦，表现出戍边将士们保家卫国的壮志决心。

诗歌前两句用青海湖、祁连山、玉门关这些不同方位的边地要塞，为读者塑造了一片广袤而孤独的整体景象，跟随诗人的视线，读者可以感受青海湖上空层叠的黑云，矗立在远方的雪山。诗句中的"暗"字，提示了边地的紧张氛围。作为汉代建立的重要关隘，玉门关既见证了西域和中原的商贸往来，也留下了许多金戈铁马的印迹。诗人以古写今，以汉喻唐，用简洁的语言塑造了西北边地的军旅生活。

后两句"黄沙百战穿金甲，不破楼兰终不还"直抒胸臆：纵使历经百战，黄沙已经磨破了铠甲，也要坚持战斗到最后。唐朝与西北的吐蕃、突厥等政权之间常常会产生冲突，青海湖地区，更是吐蕃与唐军多次交战的战场。在充满危机的戍边生活中，将士们保家卫国的壮志没有因黄沙的磨砺减弱，反而更加昂扬。这两句铿锵誓言饱含情感，在今天依然令读者感动和敬佩。

整首诗情景交融，前两句对边地景象的渲染与后两句情感的直接表达相互融汇，气象豪迈，成为唐代边塞诗的典范之一。

 丝路景语

青海湖，蒙古语称"库库诺尔"，藏语称"措温布"，意为"青色的海"。青海湖在古时又被称作"西海"，四周被巍巍高山环抱，湖滨是水草丰美的天然牧场。南北朝时期的地理学家郦（lì）道元，曾在他的《水经注》中这样描绘青海湖："水色青绿，冬夏不枯不溢。自日月山望之，如黑云冉冉而来。"对比今天的青海湖，也是十分形象贴切的。

如果你对西宁有所了解，那么你一定就会知道秦以前西宁是羌、戎（róng）等游牧民族居住的地区。后来，从东北西迁而来的吐谷（yù）浑与羌人联姻，在青海湖一带定居，并在青海湖西岸腹地建立了都城伏俟（sì）城。西宁自古以来就是古代丝绸之路上的交通要道和军事重地，西宁的青海湖也是丝路上的一颗宝石。如果沿着古代丝路的南道行走，就会经过青海湖。于是，在中原和西域之间的吐谷浑，一度成了这条线路上的热门中转站，为来往于此的旅客提供补给。

此外，青海湖还是唐蕃古道（唐朝与吐蕃之间的交通要道）的所经之处，唐代文成公主入藏与吐蕃松赞干布和亲时，就经过了这条古道。

▲ 伏俟城遗址

无数使者和商旅也曾从青海湖边经过，穿越广袤的柴达木盆地，翻越阿尔金山，来往于中原和西域，用脚步、车马丈量高原大地，实现东西交流的梦想。

今日风貌

今天，地处青海东北部的青海湖是重要的自然保护区，也是国家5A级旅游景区。青海湖周长约360公里，环湖有150多个景点。作为全国最大的内陆咸水湖，湖中有鸟岛、海心山、海西山、三块石、沙岛等自然景点，可供游客游览。其中，位于青海湖西部的鸟岛被称为"鸟的王国"，每到春季，从中国南方以及东南亚地区、印度半岛等地飞来的候鸟会在这里繁衍生息，场景十分壮观。夏季是青海湖的最佳观光时间，碧波蓝天与飞鸟游鱼令人心旷神怡。在《中国国家地理》杂志与全国30余家媒体联合举办的"中国最美的地方"评选活动中，青海湖曾被评为"中国最美五大湖"之首。

你听过"日月宝镜"的传说吗？

一千多年前，文成公主从长安城出发，在浩浩荡荡的车马中远嫁吐蕃。传说文成公主离开长安前，唐太宗赐给她一面能够映照出家乡景象的日月宝镜。带着对家乡的思念，一行人走到青海地区的汉藏交界处，公主非常想念家乡和家人，便拿出日月宝镜，果然从镜子里看

到了久违的长安景象。一时间,她泪如泉涌,悲喜交加,怀中的日月宝镜一不小心掉下来摔成两半。于是,公主流下的泪水化成了"倒淌河",河水一路向西汇入了青海湖。而碎成两半的日月宝镜正好落在两个山包上,一半朝西映着落日的余晖,另一半朝东照向初升的太阳,这便是后来的"日月山"。

后来,人们在日月山脚下建立了一座文成公主庙,表达对公主的思念与敬仰。

▲ 日月山文成公主雕像

关于诗人

王昌龄(约698—约756),唐代著名边塞诗人,他与当时很多诗人都有交往,比如李白、孟浩然、高适、岑参、王之涣、王维、常建等。因为数次被贬,他在岭南和湘西生活过,也曾来往于中原和东南地区,还可能到过边远的西北。丰富的经历和广泛的交游对他的诗歌创作产生了很大影响,他的边塞诗中有英雄主义精神,同时蕴含着诗人对民众的关怀之情。

古诗里的祁连山

关山月①

唐·李白

明月出天山②,苍茫云海间。
长风几万里,吹度玉门关③。
汉下白登④道,胡窥青海湾⑤。
由来征战地,不见有人还。
戍客望边邑⑥,思归多苦颜。
高楼⑦当此夜,叹息未应闲。

创作背景

唐朝为卫护边防和控制西域，和吐蕃在西北地区的战事长期不休，本诗就是诗人在这样的背景下创作的。他感叹唐朝国力强盛，但边境战事却始终未曾了结，表达了自己对征夫思妇的同情和感慨。

细解字词

① 关山月：乐府旧题，多抒发离别哀伤之情。
② 天山：即今天的祁连山，因古时匈奴称"天"为"祁连"，所以祁连山也称"天山"。
③ 玉门关：见"古诗里的青海湖"注释。
④ 白登：古山名，在今山西省大同市东北。汉高祖刘邦曾亲率大军抗击南进的匈奴军队，被匈奴围困在白登山七天七夜。
⑤ 青海湾：即青海湖，唐高宗时，吐蕃灭吐谷浑占领青海湖。
⑥ 戍客：离开家乡戍守边关的将士。边邑（yì）：边城。
⑦ 高楼：古诗中多用高楼指闺阁，本诗中借指戍边将士的妻子。

古诗今义

明月高悬于天山之上，隐现在辽阔云海之间。
长风吹越几万里路程，才终于抵达了玉门关。
汉高祖于白登战匈奴，吐蕃强势占领青海湖。

这里自古是征战之地,战事凶险不见人归还。
戍边将士遥望边境地,思亲思归面容多愁苦。
想到孤独的闺中妻子,愁绪叹息久久不能止。

 教你赏析

《乐府古题要解》有:"《关山月》,伤离别也。"诗人李白借乐府旧题创作了本诗,写出了战争给百姓带来的痛苦。全诗可以分为三层,每四句一层,分别描写了关山明月、悲壮沙场和戍客思妇三组场景,诗人突破时空的限制,运用丰富的想象力,为我们描绘了生动的边塞图景。

第一层是前四句,是对祁连山景象的实际描写。宏大的边塞画卷在我们眼前展开,明月当空,隐现在苍茫云海之间,万里长风吹过边塞玉门关,营造出凄凉悲壮的氛围。

第二层是中间四句,主要是对于边境战事的追溯。诗人想起当年汉高祖亲自征讨匈奴,受困白登山;吐蕃灭吐谷浑,占领青海湖。自古以来征战之地,少有人能够再次回到家乡。诗人通过怀古和想象,增加了诗歌的历史纵深感。

第三层是末四句,是情感的抒发。明月照两端,一端是戍边的将士,战事未停,他们就难以回乡,只能以明月寄托相思;而另一端则是将士们的亲眷,值此明月夜,她们又何尝不在怀想边地将士?这种深厚的相思之情,不仅让诗人感动,也让我们看到战争给人们带来的痛苦。

全诗语言简洁,意象雄浑,通过情与景的交融和突破时空的想象,在继承古乐府的同时又有了很大的提升。

丝路景语

诗歌中的天山就是祁连山,位于今天青海省东北部与甘肃省西部边境,是一条西北—东南走向的山脉。祁连山有好几个名字,因为地处河西走廊之南,祁连山也曾叫"南山";又因为祁连山终年积雪,无论春夏秋冬都像戴着一顶雪白的帽子,所以它还有"雪山""白山"等名称。

关于祁连山的历史,早在秦汉以前就已载入文献了。古时候的祁连山区域居住过戎、羌、乌孙、月氏(zhī)、匈奴。起初月氏部族在这里游牧生活,后来迫于匈奴的侵扰而远迁到中亚地区。再后来到了汉武帝时期,汉军翻越焉支山千里大败匈奴,大大扩张了西汉的版图,从此祁连山及河西走廊就被纳入了汉王朝的版图。

祁连山对于古代丝绸之路的形成具有重要意义。原本河西一带应该是浩瀚的沙海,因为有了高大的祁连山截住水汽,才得以形成降雨。此外,祁连山上的雪山和冰川融水,形成河流流经河西走廊,形成由一个个绿洲连缀而成的狭长地带,孕育出河西走廊上的武威、张掖、嘉峪关、酒泉等地,使经由丝路的东西往来成为可能。

 今日风貌

▲ 雪豹

（气泡）我被称为高海拔生态系统健康与否的"气压计"。

狭义的祁连山指河西走廊南部山地最北的一支山岭，但今天我们说起祁连山时，意味着一条绵延近千公里的山脉。祁连山脉北临河西走廊，西连阿尔金山，东至黄河谷地，南依青藏高原，巍峨的山脉上拥有众多海拔4000米以上的雪峰和上千条壮观的冰川。山区中蕴藏着种类丰富、质量优质的矿产资源，如铜、铅、锌、石棉、黄铁等。作为我国重点生态功能区、生物多样性保护优先区域之一，祁连山是世界高寒种质资源库（又称"基因库"）和野生动物迁徙的重要廊道，雪豹、白唇鹿、岩羊、野牦牛等珍稀动物在这里栖息。2017年9月，为保护祁连山生物多样性和自然生态系统原真性、完整性，祁连山国家公园建立，成为中国十大国家公园之一。

 你知道吗

"白登之围"是怎样突围的呢？

前面我们说到，汉高祖刘邦曾亲自带兵征讨匈奴，三十万大军直入平城，却在白登山陷入包围，情况十分危急。那么后来刘邦到底是怎样脱险的呢？《史记·匈奴列传》中记载，刘邦派遣使者前去拜见

冒顿单于（mò dú chán yú）宠爱的阏氏（yān zhī），并送上了丰厚的礼物，于是阏氏向单于求情，希望两国的君主能够不要互相为难。在《史记·陈丞相世家》中则记有，刘邦是用了陈平的"奇计"才劝服了阏氏，但司马迁始终没有说明是什么"奇计"。民间的说法是，使者陈平当时还准备了一幅美人画像，告诉阏氏汉朝想把美人献给单于。阏氏听了担心自己失宠，这才极力规劝单于撤走了匈奴军。于是后来就流传有，陈平用"空头美人计"的办法，解决了白登之围的危机。

关于诗人

李白（701—762），字太白，号青莲居士，出生于剑南道绵州（今四川绵阳江油市青莲乡），一说生于西域碎叶城（今吉尔吉斯斯坦托克马克）。李白有"诗仙""诗侠""谪仙人"等称号，是唐代伟大的浪漫主义诗人，与杜甫并称"李杜"。其诗取材广泛，想象瑰丽，浪漫奔放，儒、道、佛三家思想在作品中并存，对后世诗歌创作影响深远。存世诗文千余篇，有《李太白集》传世。

古诗里的焉支山

从军行（其三）

明·区大相

焉支山①外黑云连，
翡翠楼②中明月悬。
未听胡笳③先下泪，
行人无事莫临边④。

创作背景

明万历年间,边地战事频繁,曾先后在西北、朝鲜和西南地区开展了三大战役——宁夏之役、朝鲜之役和播州之役。区(ōu)大相有感于连年征战,写下《平湖曲》《定朝鲜》《从军行》等边塞题材作品,本诗就是《从军行》组诗中的一首。

细解字词

① 焉支山:在今甘肃省张掖市山丹县东南。
② 翡翠楼:形容华美的建筑。
③ 胡笳(jiā):古代匈奴、戎、狄(dí)等边地部族使用的乐器,流行于漠北草原及河西走廊一带。
④ 临边:去往边境。

古诗今义

远处的焉支山上,黑云紧密相连,
华丽的楼阁上方,明月高悬空中。
胡笳还没有奏响,我已流下眼泪,
如果没有要紧事,千万别去边地。

教你赏析

作为明代岭南诗坛的代表人物，区大相的诗歌以质朴、自然著称，格调激昂却并不浮夸。这首诗通过苦寒的边疆景象与繁华的中原夜色的对比，表现出戍边将士们的思乡之情。

诗歌一、二句是环境描写。诗人想象着眼中所见是苍茫的焉支山，而在比山更远的地方，是低垂在天幕的浓云。诗歌中的"黑云"或许是乌云，也或许是表现天色将晚。后一句中"翡翠楼"的"翡翠"二字，不是指普通士兵的家，而是京城的达官贵人们所在的地方；从他们身处的楼阁向外望去，一轮明月高悬在天空中。荒芜的焉支山与华美的翡翠楼，边疆的"黑"与城市的"明"，形成了两组鲜明的对比，体现出城市中生活的安逸，而安逸的背后则是边地将士们的连年征战，时时面对危机。区大相对政治现实具有长期的观察，此外他还广泛接触过底层民众的生活，因而才能创作出极为精准的对比。

三、四句是情感表达。这里的"胡笳"是一个典型的西域意象。我们可以想象，在广袤的塞外，胡笳声与牧马的嘶鸣声相间传来，高音飘摇、低音沉滞，容易引发人的思乡之情。将士们还未听到胡笳声就已经开始流泪，足以显示出思乡之切和悲伤之深。最后一句可以理解为对行人的叮嘱，同时又进一步表现了将士们内心的愁苦。其实常年驻守边地的将士们何尝不希望往来的行人带来故乡的消息呢？可是正因为他们切身感受到了边疆的苦寒与思乡的愁绪，所以叮嘱别人不要轻易来边地。

整首诗综合运用了环境、动作、心理描写，突出了塞外生活的艰辛和将士们的思乡情切，表达了诗人对于戍边将士的敬佩以及连年征战的忧思。

丝路景语

　　焉支山，又名燕支山、胭脂山，东西长约34公里，南北平均宽度约20公里，位于河西走廊的甘州（今甘肃张掖）与凉州（今甘肃武威）的交界处，自古就有"甘凉咽喉"之称。焉支山南与祁连山相望，西与龙首山交汇形成长约12公里的山口——最窄处仅1公里，地势高峻狭窄，成为河西走廊的"蜂腰"地段。焉支山不仅是古代丝绸之路的要道，也是历代军事要地，汉代和明代的长城都由此经过，以便于朝廷对甘凉地区的控制。

　　关于焉支山，有一首广为人知的歌谣："亡我祁连山，使我六畜不蕃息；失我焉支山，使我妇女无颜色。""颜色"指的是什么呢？简单来说就是脸色。据说焉支山中生长着一种花草，汁液鲜红，匈奴的女子会用来装饰自己，使脸蛋看起来红红的。汉元狩二年（公元前121年），霍去病带领一万骑兵出征西北，过焉支山千余里与匈奴作战，大败匈奴军。匈奴人不得不退败向西，重新寻找居所，这也就可以解释为什么会有"妇女无颜色"的说法了。

　　汉武帝的策略推进了丝绸之路的畅通，而唐玄宗时期，焉支山附近设立了大斗军来护卫丝绸之路，并修建了烽燧（suì）布防军事。唐天宝年间，焉支山山神被封为宁济公，镇边大将哥舒翰出任河西节度使的时候，曾在焉支山上修建了宁济公祠。

 今日风貌

　　1993年，焉支山森林公园设立，景区内水草丰美，风景秀丽，因为盛产药材大黄，焉支山也常常被称为"大黄山"。每年农历六月初六，焉支山都会举行盛大的庙会，山上的钟山寺内香烟缭绕，热闹非凡。作为历代军队出征西域的要道，焉支山仍保留了烽火台、长城等古代军事防御遗迹。如今我们去焉支山，可以看到保护边塞的汉长城（又称汉塞）与明长城（又称边墙）遗址，晋朝时修建的焉支城遗址以及星罗棋布的烽火台。虽然烽火台不再有报信的功能，但是它们仍在向我们诉说着过去的金戈铁马。

▲ 焉支山森林公园入口处

 你知道吗

古代也有"世博会"吗？

　　今天，每当世界博览会召开时，都会引起举世瞩目的关注。其实，

早在 1400 多年前，就有一位古代皇帝在焉支山下举办了一场"万国博览会"。为了丝绸之路重归畅通，经营西域商贸，隋炀（yáng）帝杨广曾带着浩大的队伍，从长安出发，西巡张掖。隋大业五年（609 年），他亲自登上焉支山，在这里举行了一场长达六天的"万国博览会"，接见了高昌王、伊吾土屯（监察官），以及来自新罗、龟兹、契丹等地的使臣。使臣们穿着颜色艳丽的服装，佩戴贵重的金玉挂饰，在布展区尽情赏玩珍稀文物。焉支山的道路两旁焚香奏乐，歌舞喧闹，场景热闹非凡，展示了隋朝的强盛国力和对友邦的包容姿态，为隋唐时期东西方贸易往来和文化交流奠定了良好的基础。

关 / 于 / 诗 / 人

区大相（1549—1616），字用孺，号海目，广南高明（今广东佛山高明区）人。明万历十七年（1589 年）中进士，曾任翰林检讨、户部尚书等官职，后因检举权贵而降职，不久后称病返乡。区大相是岭南诗派的代表人物，在明代文坛上有着重要的地位。他的纪事诗讽刺时局，一改明代诗坛风气，有极大的证史价值。著有《太史集》《图南集》《濠上集》等。

古诗里的居延

使至塞上①

唐·王维

单车欲问边②,属国过居延③。
征蓬④出汉塞,归雁入胡天⑤。
大漠孤烟⑥直,长河⑦落日圆。
萧关逢候骑⑧,都护在燕然⑨。

创作背景

这首诗创作于唐开元二十五年(737年),当时名将崔希逸率兵战胜吐蕃,王维奉命以监察御史的身份出塞慰问,察访军情。表面上看诗人被委以重任,但实际上他是被排挤出朝廷的,这首诗就是在赴边途中创作的。

细解字词

① 使至塞上:奉命出使边塞。使,出使。
② 单车:一辆车,这里形容出使的随行不多。问边:指慰问边塞的将士。
③ 属国:一种理解是秦汉时官名典属国的简称,这里诗人用来指称自己的使者身份;另一种理解是归附汉族朝廷的少数民族政权,此句可解释为"过居延属国"。居延:汉唐时期的军事重镇,在今甘肃金塔县和内蒙古额济纳旗两地境内。
④ 征蓬:随风飘飞的蓬草,这里是诗人自喻。
⑤ 胡天:指北方的天空,"胡"是古代对北方少数民族的统称。
⑥ 孤烟:指古代边塞用于传递军情的烽烟。
⑦ 长河:指发源于祁连山的黑河,古代也称弱水河。
⑧ 萧关:见"古诗里的萧关"。候骑(jì):负责侦察的骑兵。
⑨ 都(dū)护:官名,负责统领都护府的长官。燕(yān)然:燕然山,即今天蒙古国的杭爱山,古诗中常用来代指边塞。

 **古诗今义**

我轻车简从前往边关察访军情,地处西北边塞的居延路途遥远。随风飘飞的蓬草和我一同出塞,北归的大雁在胡地的上空飞翔。浩瀚的沙漠之地升起一股烽烟,奔流的大河之上挂起苍茫落日。在萧关时遇到负责侦察的骑兵,告诉我都护长官已在燕然山上。

 教你赏析

这首五言律诗是王维在出塞途中所作的纪行诗。纪行诗就是记述诗人在旅途中见闻的诗歌。苏轼曾形容王维的诗歌"诗中有画,画中有诗",本诗就为我们展现了一幅壮美奇丽的边塞画卷。

诗歌开门见山,首先就交代了此行的原因和目的地。诗人轻车简行到边塞访察,万里行程,却只用了十个字轻轻带过。但随后,诗人借助"征蓬"和"归雁"两个意象,勾画出苍茫的边塞景象。飘飞的蓬草和北飞的大雁不仅是北方常见的景象,也是诗人的自我指代。古诗中的"蓬草"大多用来比喻漂泊在外的游子,诗人借此暗示了自己被排挤出朝廷的处境,和首句中的"单车"做了呼应。

"大漠孤烟直,长河落日圆"是人人传诵的千古名句,气象雄浑,格局开阔。诗人用"大"字写沙漠,用"直"字写烽烟,一横一竖的两种构图凸显了边地的开阔景象;又用"长"字写河,用"圆"字写落日,奔流河水上落日悬挂的场景扑面而来。值得注意的是,烟本来给人的感觉应是缥缈的,但是诗人在这里却用"直"来形容,这与边塞常燃烧狼粪制造烽烟的特点是相契合的。当然,诗人这样写也可以表现大漠孤烟的劲拔、坚毅之美。

末两句由景转到对人的关注。诗人到达边塞，偶遇侦察的士兵，得知长官仍在前线，侧面表现了战事的紧张。如果说一开始诗人的情感以孤寂为主，那么在见识了边塞风光，遇到了保卫国家的士兵后，诗人的情感也得到升华，显出更为豁达的情怀。

 丝路景语

居延，匈奴语"天池"的音译，在没有修筑居延塞以前就已经存在。说到居延，不单单指某一个具体的地方，而是包括了汉代张掖郡居延都尉府、肩水都尉府所辖烽燧、城障、塞墙等建筑在内的一整套军事布防系统。汉武帝大败匈奴后，先后在河西走廊上建立了武威、酒泉、

▲ 居延塞亭燧遗址

张掖、敦煌四郡；并在汉太初三年（公元前102年），派伏波将军路博德有计划地修筑居延防御工程，这一系统后来成为河西走廊的重要屏障，保障了丝绸之路的畅通。

居延地区是农牧文化的交融地带。西汉设立的居延县不仅居住着戍边的战士，也为归附的少数民族提供了安定的家园。汉朝的居延绿洲已经发展得非常成熟，村庄与烽燧遥遥相望。在唐朝安史之乱时，居延地区仍然为长安通向西域提供了重要通道。

今天的居延遗址主要包括金塔县内的大湾城故址、地湾城故址、肩水金关故址，以及内蒙古境内的部分遗址，全长超过250公里，1988年被列入第三批全国重点文物保护单位。居延遗址上有不同时期的城址13处，墓葬6处，汉代烽燧100多座，以及西夏至元代的庙宇、佛塔10多处，还包括大片屯田区和纵横的河渠遗存。居延遗址曾先后出土数万枚简牍，是研究汉代边塞屯戍制度、社会经济、文书、语言、书法等内容的重要史料，与殷墟甲骨文、敦煌藏经洞文书、故宫明清档案一同被誉为20世纪中国档案界的"四大发现"。

▲ 一枚简牍称为"简"，编在一起称为"册"

你知道吗

"都护"是为了护卫什么？

我们常常能在古诗中看到"都护"一词，除了本诗，王维还在《陇西行》中写下"都护军书至，匈奴围酒泉"。作为官名，"都护"最早源自西汉时汉宣帝设在乌垒城（在今新疆轮台县）的"西域都护府"——负责管理西域事务的最高军政机关。唐朝曾设安东、安北、安西、北庭、安南等九个都护府，每府下面还设有大都护、副大都护，用于管理边地辖境内的各种事务。现在你再读到岑参的代表作《白雪歌送武判官归京》时，"都护铁衣冷难着"一句就不难理解了吧。

关于诗人

王维（701—761），唐代诗人、画家。他不仅创作了许多脍炙人口的诗歌，还精通书画、音乐，被后人推崇为南宗山水画之祖。苏轼曾这样评价王维："味摩诘之诗，诗中有画；观摩诘之画，画中有诗。"

古诗里的嘉峪关

出嘉峪关①感赋(其二)
清·林则徐

东西尉候②往来通,博望星槎笑凿空③。
塞下传笳歌敕勒④,楼头倚剑接崆峒⑤。
长城饮马⑥寒宵月,古戍盘雕⑦大漠风。
除是卢龙山海⑧险,东南谁比此关雄!

 **创作背景**

清道光二十一年（1841年），林则徐因受诬陷被革职问罪，次年十月充军伊犁。途经嘉峪关时，他创作了《出嘉峪关感赋》四首，本诗是其中的第二首。

 **细解字词**

① 嘉峪关：位于甘肃省嘉峪关市以西的山谷中部，是古代丝绸之路的交通要冲，也是明长城的西端起点。
② 尉候：汉代派驻边地的官员被称为校尉，这里泛指往来边地的公务人员。
③ 博望：指西汉的博望侯张骞。星槎（chá）：古代神话中能在天上、人间往来的木筏，这里用来比喻交通工具。凿空：开通道路，张骞奉汉武帝的命令出使西域，开辟丝绸之路，后人称之为"凿空"。这句诗是对张骞功绩的称颂。
④ 笳：即胡笳。敕勒（chì lè）：即北朝民歌《敕勒歌》。
⑤ 崆峒（kōng tóng）：即崆峒山，在今甘肃平凉西。
⑥ 长城饮马：出自汉乐府《饮马长城窟行》，相传长城附近有泉水可以喂马。饮（yìn），给牲畜水喝。
⑦ 古戍：古代边防的防御建筑。盘雕：盘旋的老鹰。
⑧ 卢龙：即卢龙塞，今称喜峰口。山海：即山海关，位于长城最东端。古时从卢龙塞至山海关修筑有长城。

古诗今义

官员途经此道往来于西北边地,是西汉张骞出使西域为今人留下的便利。

登上城楼拄剑而立,听胡笳吹奏《敕勒歌》,豪情万丈似与崆峒山相接。

战马在冷月寒风中饮水于长城之下,老鹰在大漠风沙中盘旋于堡垒之上。

除了险峻的卢龙塞和山海关,东南地区哪里能有比嘉峪关更雄奇的关塞!

教你赏析

清代从中原前往新疆,依然是一段充满艰辛的路程。诗人林则徐虽然因贬谪,不得不离开京城前往伊犁,但诗歌的气象开阔昂扬,读起来毫无消极之感。

诗歌一、二句点明了嘉峪关是中原与西北地区往来的要塞,并且巧妙地将眼前的嘉峪关实景和张骞通西域的历史联系起来。诗人敬仰张骞不辱使命,打通丝绸之路的历史功绩,一个"笑"字,尽显豪迈之情。

"塞下传笳歌敕勒,楼头倚剑接崆峒"两句描绘了嘉峪关的整体景象,有声有画,气势雄浑。敕勒是北齐时居住在朔州(在今山西北部)一带的少数民族,《敕勒歌》即当地人创作的民歌,风格豪爽;胡笳则是当地流行的乐器,二者结合,更添苍凉悲壮。"倚剑"出自战国宋玉的《大言赋》,说的是宝剑极长、带剑的人极高大,崆峒山本是崇山峻岭，但在诗人看来却近在咫尺，可见诗人胸襟的开阔。

"长城饮马寒宵月，古戍盘雕大漠风"用一系列物象，描绘出天苍苍、野茫茫的边塞月景图。东汉文学家陈琳曾在诗中写道："饮马长城窟，水寒伤马骨。"戍边生活极为艰辛，冷月更映照出这种酸楚。老鹰在夜空中的盘旋虽然赋予了嘉峪关动态之美，寒冷的大漠风沙又带来苍凉之感。

可诗人并没有就此而情绪低落，在末句中将嘉峪关和卢龙塞、山海关并置，直抒胸臆，表达出对嘉峪关的赞叹，对山河的热爱。

丝路景语

嘉峪关位于河西走廊中部，历史上这里曾经居住着羌、乌孙、月氏、匈奴等部族。在汉武帝设置酒泉郡后，嘉峪关一带成为酒泉郡的一部分，既承担着重要的军事防御功能，也成为汉代丝绸之路上的贸易要道，中原地区出产的商品途经此地被运往中亚、欧洲。东西文化的交流将印度的佛教带到嘉峪关一带，今天，在嘉峪关南部的文殊山上仍有古代留下的石窟和佛寺。

我们今天认识的嘉峪关——作为长城沿线最西边的险要山口，设置于明代。明朝初年，名将冯胜率军出征，来到了嘉峪关所在的山谷，发现这里是河西走廊最狭窄的地方，东连酒泉，西接玉门，背靠黑山，南临祁连，特别适合驻扎军队，于是就在这里修筑了明长城的西端关隘。关城有三重城郭，布局严密，功能完善，气势雄伟。关城内还有游击将军府、官井、关帝庙、戏台、文昌阁等建筑。清代名将左宗棠从嘉峪关出兵时，曾特地修缮了残破的关城，并手书"天下第一雄关"六字匾额悬挂在关楼上，更彰显了嘉峪关的华彩。

 **今日风貌**

在"万里长城"两千余年的辉煌历史上，始建于明朝的嘉峪关还很年轻。嘉峪关市因关得名，在祁连雪山的映衬下，嘉峪关市宽阔的马路和优美的公园显得豪迈而热情。这里不仅拥有世界历史文化遗产地嘉峪关关城，还有魏晋墓群、国际滑翔基地、七一冰川、悬壁长城等景点。来往嘉峪关的游客，总想到明长城最西边的"长城第一墩"瞧一瞧。如今这个看起来不起眼的小土墩，曾是嘉峪关长城防御体系中的重要组成部分，承担着侦察敌情、传递军情的重要任务。

▲ 明代万里长城第一墩

 **你知道吗**

"胡笳"还是"胡葭"？

在古诗里，胡笳是十分常见的意象。胡笳最初是西戎民族使用的乐器。西戎是中国古代居住在西北地区的戎族的总称，其中的犬戎在殷商时期居住在渭河流域，后来北迁到葭芦河附近。这条河因盛产芦

苇而得名，居住在此地的犬戎居民们因地制宜，用芦苇制作出了最早的胡笳。古时候，人们习惯把芦苇称为"蒹葭"，因此，胡笳原称"葭"或"笳"，直到唐代才改为"笳"字；又因其来源于胡地，所以称为"胡笳"。最早的"葭"是将芦叶卷起来吹奏的，后来为了更好地演奏，管身改为木制或竹制，也出现了不同簧片与管身的搭配方式。历史上有著名的乐府琴曲歌辞《胡笳十八拍》，相传是东汉才女蔡文姬在重返中原故土时，借助胡笳音调创作的。

▲ 胡笳

关/于/诗/人

林则徐（1785—1850），字元抚，又字少穆，福建侯官（今福建福州）人。清嘉庆十六年（1811年）中进士，曾任江苏巡抚、湖广总督、钦差大臣等要职，是清末杰出的政治家。林则徐力主禁止鸦片烟，是鸦片战争时禁烟运动和抗英斗争的领导者。著有《云左山房诗钞》。

古诗里的玉门关

凉州词①（其一）

唐·王之涣

黄河远上②白云间，
一片孤城万仞③山。
羌笛④何须怨杨柳⑤，
春风不度玉门关⑥。

创作背景

王之涣以善写边塞风光而著称,虽然从生平记载中,无法确认他是否到过边塞,但本诗历来是边塞诗名作,被大学者章太炎称为"绝句之最"。

细解字词

① 凉州词:原是凉州(今甘肃武威)一带的乐曲,后来诗人多为之作词,用此题来表现边塞生活。
② 黄河远上:一作"黄沙直上"。
③ 万仞(rèn):形容非常高。古时一仞约等于七尺或八尺。
④ 羌笛:古代羌族的一种乐器。
⑤ 杨柳:指北朝乐府民歌《折杨柳》。这里一语双关,也可用来指古人折柳送别的风俗
⑥ 玉门关:俗称小方盘城,在今甘肃敦煌西北,是古代通往西域的要道。大约在南北朝时,玉门关曾向东迁至瓜州晋昌(在今甘肃省酒泉市瓜州县锁阳城)。

古诗今义

远望奔流的黄河好似与白云相连,
高耸的山岭之间坐落着一座孤城。

羌笛为什么要吹奏《折杨柳》曲，
玉门关外从来都没有春天的景象。

教你赏析

本诗借乐府曲名，描绘了边地苍茫壮丽的景象，也表达出边防将士们的思乡之情。

一、二句写诗人远眺所见的壮阔景色。用"黄河""白云""孤城""万仞山"等意象，拼接出一幅辽阔宏大的画卷。第一句中，诗人以仰望的视角自下而上看黄河，一个"上"字，突显黄河奔腾千里、浩浩荡荡的恢宏气势。第二句则转向写人文景观，孤零零的城池与高耸入云的群山形成对比，用地理上的荒凉表现情感上的孤寂。这两句诗形成句内对比，以"黄"与"白"、"一"与"万"形成颜色和数字上的鲜明对照，为诗句增添了工整的美感。

三、四句在前文的铺垫上，转而写事写人。"羌笛"可以理解为羌笛这种乐器本身，诗人将其拟人化，借羌笛之"怨"写内心之"愁"；也可以理解为吹奏羌笛的人因为不舍征人，而有哀伤之情，从听觉角度渲染出浓厚的别离氛围。"春风不度玉门关"是戍边将士强烈的思乡之情，"春风"在这里不仅是自然意义上的春天，也指代着家乡亲人们的消息；但无论是春天的景象，还是传递了思念的消息，都很难达到遥远的玉门关外。

整首诗层层深入，格调悲壮，体现了征人的离愁别绪和诗人对戍边将士的关怀之情，自有一种宽阔的盛唐气韵。

丝路景语

俗话说："一座玉门关，半部河西史。"常常出现在古代诗歌中的玉门关，早已成为河西走廊的一个标记。西汉时，汉武帝西征河西走廊，先设立了武威郡和酒泉郡，后来又分设张掖郡和敦煌郡。伴随"河西四郡"一同建设的还有玉门关和阳关两大关口。

说起玉门关，很多人都会联想到古代西域产出的美玉、宝石，经由此地源源不断地运往中原。这种说法与中国的玉

文化有关，不过也从侧面向我们证明了，玉门关是古代丝绸之路上的重要驿站。在敦煌中转的行人既可以选择丝路北道出玉门关，也可从南道过阳关继续向西。据《汉书·西域传》记载，当时的玉门关商队云集，驼铃声悠长延绵，各国的使者和商贩要在这里换取通行证才能出入关口。

不过，这种繁荣的景象只持续了百余年。西汉末年，中原战乱，丝路贸易陷入停顿，玉门关也就关闭了。直到东汉班超出使西域，才重启了东西往来。后来，敦煌至罗布泊一带的生态环境恶化，沙尘暴频繁，到了隋唐，人们更倾向于天山北麓从瓜州至伊吾（今新疆哈密）的新北道，原本汉代的丝绸之路北道就变成了中道。因此隋唐时期的玉门关，一般具体是指瓜州晋昌的玉门关。但在古诗中，诗人们还是更喜欢用汉代玉门关的意象。

 今日风貌

玉门关的确切位置究竟在哪儿，其实仍是一个地理学上的谜题。今天，我们说起玉门关，普遍是指甘肃敦煌西北约90公里处的小方盘城，这是建于汉代的玉门关。这座方形小城堡耸立在戈壁滩中的砂石岗上，城墙由黄黏土砌成，高约10米，西面和北面各有一门。小方盘城曾出土过毛笔、织物、狩猎工具等物品，还有记载了汉代诏书、律令、药方等文书的汉简。这些出土文物，为我们了解汉代的历史和文化提供了帮助。玉门关遗址是全国重点文物保护单位，2014年，玉门关作为"丝绸之路：长安—天山廊道的路网"中的一个遗址点，被列入《世界遗产名录》。

▲ 玉门关遗址

 你知道吗

"旗亭画壁"与本诗有什么关系？

诗人王之涣常常与王昌龄、高适等好友一同游玩。唐代文人薛用

弱在《集异记》中，记载了一个关于三人的趣味故事，这个故事的名字叫作"旗亭画壁"。一天，天气寒冷，下着小雪，王之涣、王昌龄和高适三人到旗亭（酒馆）喝酒，正好遇到了一群伶人（古代唱歌演戏的艺人）在这里摆宴会。三人便打赌，每人写作一首诗歌交给伶人演唱，谁的诗被唱得多，谁就是优胜者。第一个人唱的是"一片冰心在玉壶"，王昌龄就在墙壁上为自己画下一道。第二个唱的是"开箧（qiè）泪沾臆（yì）"，高适也为自己画了一道。随后王昌龄又添了一道，这时王之涣开口说："应该看看那位最有名的伶人唱的是谁的诗。如果唱的不是我的诗，那我以后都不和你们二位争了。"刚说完，那人唱起了"黄河远上白云间"，三人开心大笑。后来"旗亭画壁"就流传开了，元代人还用这个故事编写了一出杂剧上演。

关于诗人

王之涣（688—742），字季凌，晋阳（今山西太原）人，曾任冀州衡水主簿，后因遭人诬陷而辞官，晚年任文安（今属河北）县尉。王之涣曾与高适、王昌龄等人交游、唱和，以擅长写边塞风光而著称，诗作在当时广为传唱。今仅存诗六首，收录于《全唐诗》中。

古诗里的莫高窟

莫高窟①咏

唐·佚名②

雪岭干青汉③，云楼④架碧空。
重开千佛刹⑤，旁出四天宫⑥。
瑞鸟含珠影，灵花吐蕙丛。
洗心⑦游胜境，从此去尘蒙⑧。

 **创作背景**

　　1900年,道士王圆箓(lù)在莫高窟中发现了大量经卷和文书,后来统称"敦煌遗书"。敦煌遗书中的《敦煌廿(niàn)咏》("廿"指二十)是一组吟咏敦煌古迹的五言律诗,研究者认为大致写作于唐代。虽然作者的姓名无人知晓,但诗歌中描绘的敦煌名胜,向我们传递了诗人对敦煌的热爱,并且具有一定的史料价值。本诗就是其中的一首,是传世最早的题咏莫高窟的诗歌。

 **细解字词**

① 莫高窟:俗称千佛洞,始建于前秦,开凿在鸣沙山东麓的断崖上,至唐代达到顶峰。

② 佚(yì)名:无名氏,指身份不明或无从得知其姓名的人。

③ 雪岭:这里指敦煌的历史名山三危山,在今敦煌东南25公里处,主峰位于莫高窟对面。干:冲。青汉:天空。这句诗是形容高山耸立,似直达天际。

④ 云楼:北大像殿,即今天的莫高窟第96窟,窟内佛像高35.5米,是莫高窟的第一大佛,故又称"大佛殿"。

⑤ 佛刹:佛寺,这里指洞窟。

⑥ 四天宫:佛教中的护世四天王,俗称"四大金刚"。

⑦ 洗心:净化心灵。

⑧ 尘蒙:比喻被世俗的杂念和欲望蒙蔽了内心。

 古诗今义

三危山直冲天际，莫高窟北大像殿高耸入云。
崖壁上佛窟无数，沙山两端布列着四天王殿。
窟内装饰极优美，种种香花和瑞鸟遍布壁画。
莫高窟净化心灵，我在这里告别了世俗烦恼。

 教你赏析

　　《莫高窟咏》是我们目前所知的赞颂莫高窟的最早诗篇，诗人通过不同的角度，从外至内描绘了莫高窟的建筑艺术。

　　诗歌一、二句首先交代了莫高窟的地理环境与总体布局。莫高窟开凿在鸣沙山东麓的断崖上，与三危山相对。其中的北大像殿建造于武则天时期，最初有四层大殿护卫佛像，后来发展成九层，俗称"九层楼"。诗歌中的"干青汉"和"架碧空"分别用夸张的手法，表现了山峰的高耸和大殿的威严，从整体上突出莫高窟的不凡气势。接着，诗人的视线向下转移到莫高窟的主体，交代建筑的布局。"千佛刹"就是千佛洞，也是莫高窟的别称，这里用一个"重"字突出莫高窟的洞窟层层叠叠，数不胜数。根据诗人的描述，当时莫高窟两端修造了四天王宫殿，应该具有守护这方圣土的含义。

　　如果说前面都是总写，那么"瑞鸟含珠影，灵花吐蕙丛"这两句诗就是对窟内壁画装饰的细致描绘。绚烂多彩的珍奇花鸟是常见的壁画素材，比如孔雀、仙鹤、莲花、宝相花等。这些与佛教相关的图案，洗涤了观看者的心灵，因此诗人在游览了莫高窟以后，才发出了心灵得到净化的感慨。

这首诗层次分明,从整体与细节两方面写出了莫高窟的华美,从而表达出诗人内心对莫高窟的热爱,也展现了佛教在唐代的兴盛。

丝路景语

莫高窟,俗称千佛洞,位于鸣沙山最东面的断崖上,与三危山相对,中间有一条宕(dàng)泉河(今大泉河)流过,形成了沙漠中的一片绿洲。根据现存的唐代《李克让修莫高窟佛龛(kān)碑》记载,莫高窟始建于十六国的前秦建元二年(366年),一位名叫乐僔(zǔn)的僧人从中原来到敦煌,在这里暂时休息。他无意间抬头,突然见到了令人惊奇的景象:对面的三危山上金光万丈,璀璨光明,呈现出千佛景象!于是,他决心在这里开凿佛窟,坐禅修行。后来,还有一个叫法良的僧人也来这里开凿石窟。此后,不断有僧侣、画师、商人、贵族来敦煌开凿石窟,北朝、隋、唐、五代、宋、西夏、元等各朝各代,延续千年未曾中断,是古代人民智慧的结晶。

莫高窟石窟艺术的发展离不开古代丝绸之路的建设。

▲ 隋代飞天
参考自莫高窟第305窟

我们知道公元前138年,汉武帝派张骞出使西域,打开了这条东西往来的官方通道,而敦煌是丝绸之路河西走廊上的交通枢纽和贸易中心,印度佛教文化经由丝路东传至此。莫高窟不仅展现了古人虔诚的信仰,也将西域与中原艺术进行了融合,呈现在栩栩如生、色彩斑斓的造像与壁画之中。其中,"飞天"是莫高窟的艺术标志,假如你去游览,就会看到古代画师描绘了人物在天空中轻盈飘逸的各种姿态,有的衣裙飘飞,有的手捧鲜花,有的脚踩云朵,留给观看者无尽浪漫的遐想,因此,莫高窟又被称为"飞天的故乡"。

今日风貌

今天的莫高窟位于甘肃省敦煌市东南25公里处,是世界上历史最悠久、保存最完整、内容最丰富、艺术最精美的佛教艺术胜地。莫高窟南北约1600米,上下最多可有5层,现有735个洞窟,2400多尊彩塑,壁画总面积达4.5万平方米。1961年,莫高窟被列为第一批全国重点文物保护单位,1987年被列入《世界遗产名录》,其建筑、彩塑和壁画艺术都具有非常重要的历史意义与研究价值。

1944年,为了保护和研究敦煌石窟(包括莫高窟、西千佛洞、东千佛洞、榆林窟、肃北五个庙石窟等),国立敦煌艺术研究所成立,1984年发展为敦煌研究院。经过一代代"敦煌人"的努力,敦煌石窟的保护和研究取得了辉煌的成绩。今天,通过"数字敦煌"资源库,我们还能足不出户,体验30个洞窟的虚拟漫游,其中包括莫高窟的28个洞窟和榆林窟的2个洞窟。这一项目对敦煌文化遗产的久远长存、永续利用具有重大意义。

 你知道吗

九色鹿的故事从哪儿来？

你看过《九色鹿》动画片吗？你是否知道这是根据敦煌莫高窟第257窟壁画中的九色鹿王本生故事改编的呢？所谓"本生"，就是佛祖生前的故事。这幅壁画用横卷连环画式的构图，从两边至中央描绘了九色鹿救溺水者，却反遭告密的故事。画家用白色来表现鹿，又用鹿身上的点点色彩来提示"九色"。壁画中的人物、车马、山水等也极具感染力，是莫高窟最优美的壁画之一。

▲ 九色鹿王
参考自莫高窟第257窟

古诗里的阳关

题阳关图（其一）

宋·黄庭坚

断肠①声里无形影②，

画出无声亦断肠。

想得③阳关④更西路，

北风低草见牛羊⑤。

创作背景

宋元祐二年（1087年），画家李公麟根据王维的《送元二使安西》诗意创作了《阳关图》，为即将前往临洮（táo）幕府的友人送别。当时，黄庭坚、苏轼、苏辙等人都为画作题写了诗歌。

① 断肠：形容悲痛到极点。
② 形影：离人的身影。
③ 想得：想到。
④ 阳关：西汉设置，故址在今甘肃敦煌西南。
⑤ 见：同"现"。此句为诗人联想到阳关西去时的场景，化用了北朝民歌《敕勒歌》中"天苍苍，野茫茫，风吹草低见牛羊"的句意。

离人的身影在悲伤的歌声中消失，
以画绘诗也能感受到离别的哀愁。
远行的人走在阳关以西的道路上，
遍地的牛羊在风吹过草地时出现。

 **教你赏析**

　　唐代诗人王维的《送元二使安西》是一首脍炙人口的送别诗，画家李公麟根据诗歌绘制了画作，诗人黄庭坚又根据画作和原诗题写了诗歌。诗与画的联系，在这个过程中得到了充分体现。

　　诗歌一、二句以"声"落笔，总写画意。王维的诗歌以"诗中有画，画中有诗"著称，而黄庭坚在诗作中，将文字、音乐和绘画三者相结合，传达出新意。首句以"断肠声"写离人送别时奏响的悲伤曲调，以"无形影"写离人远去的无尽哀思。第二句则感叹道，画作虽然无法使我们听到曲声，但送别的悲伤从纸上溢出，侧面点出了李公麟绘画技法的高超与画作的感染力。

　　三、四句则想象离人远行的道路。西出阳关是游牧民族生活的地方，塞外总给人以广阔苍茫的感受，凛冽的北风吹过大片枯草，现出成群的牛羊，此情此景与中原地区的苍翠景象大不相同。诗人化用了我们耳熟能详的《敕勒歌》，以送行者的身份想象远行人的所见所闻，离愁别绪跃然纸上。

　　作为江西诗派的代表人物，黄庭坚推崇"点铁成金""夺胎换骨"，意思就是借用古人的诗意、语句来推陈出新。这首题画诗在王维的千古绝唱上进行再创作，但语言却与黄庭坚奇崛的风格不太一样，读来简洁平淡，将离别时的伤感之情写出了阔远苍茫的意味。

 **丝路景语**

　　在前面讲述古诗里的玉门关时，我们提到了阳关和玉门关都是在汉武帝设立"河西四郡"的过程中建设的。作为汉代军事防御系统中

的重要关隘，阳关向北至玉门关有长城相连，每隔数十里就有烽燧墩台。无论是王维笔下的"西出阳关无故人"，还是黄庭坚诗句中的"断肠声里无形影"，都向我们传递了阳关西去的苍凉之感。还好这里有西土沟和渥（wò）洼地两处天然水系，为戍守的将士们提供了充足的水资源。

　　玉门关的名字或许与美玉宝石有关，相比之下，阳关的得名就简单多了——地处玉门关之南，古时"阳"有朝南的意思，所以取名"阳关"。古代丝绸之路上的阳关和玉门关都发挥着重要作用，从长安西去的商队在敦煌获得补给后，可从北道出玉门关，也可以经过阳关，择南道西行，越过葱岭，在安息（在今伊朗高原）与北道出发的商队会合，一起通向中亚。一千多年前，唐代高僧玄奘从印度回国时，就是经阳关抵达敦煌。他在敦煌当地的佛寺讲经说法，次年正月回到了长安。

　　阳关的故址位于今天敦煌西南约70公里处的古董滩附近。据当地人说，以前大风过后，常常会有兵器、货币、陶片等古物出现在沙地

▲ 阳关烽燧遗址

上，甚至产生了"进了古董滩，空手不回还"的说法。1972年，酒泉文物普查队在翻越古董滩西部的沙梁时，发现了古代房基、城墙遗迹，综合文献和地理，推测这里就是汉唐时代的阳关城故址。

如果你有机会游览阳关景区，不妨远眺一下古董滩北侧墩墩山顶上的"阳关耳目"。这座仅存的汉代阳关烽燧，所处地势高，保存也较为完整，是阳关历史唯一的见证者。景区内还设有敦煌阳关博物馆，内有两关汉塞馆、丝绸之路馆、仿建阳关关城等，馆藏文物近4000件。

 你知道吗

阳关和《阳关三叠》有什么关系呢？

《送元二使安西》是大诗人王维创作的千古名诗。唐开元年间，节度使盖嘉运将伊州（今新疆哈密）当地的《伊州大曲》敬献宫中，这首曲子流传得很快，《送元二使安西》这首诗成为了该曲的第三段歌词。

唐代也有根据此诗直接谱写的曲子，因为王维的原诗中有"渭城""阳关"这些地名，所以后人将曲子命名为《渭城曲》或《阳关曲》；又因为演奏时，常用一个曲调反复叠唱多次，所以得名《阳关三叠》。《阳关三叠》传唱广泛，不仅在送别时唱，在日常生活中人们也会演唱，比

如唐代韦绚（xuàn）在《刘宾客嘉话录》中，描绘了一个每天在火炉旁演唱此曲的卖饼人。大约在宋代，《阳关三叠》的曲谱失传了，我们现在能看到的最早谱本，来自明代龚稽古编写的《浙音释字琴谱》。

关/于/诗/人

黄庭坚（1045—1105），字鲁直，号山谷道人，世称"黄山谷"，洪州分宁（今江西九江修水）人，北宋著名文学家、书法家。其诗与苏轼齐名，世称"苏黄"，又与张耒（lěi）、晁（cháo）补之、秦观合称"苏门四学士"。其诗用字严谨，说理严密，风格奇崛，为江西诗派的开山之祖。著有《山谷集》。

古诗里的星星峡

哈密道中（其一）

清·王树枏

长道乱沙平似掌①，
远天残月②细如眉。
西风③吹渡星星峡④，
坦卧⑤毡车⑥睡不知。

 创作背景

清光绪三十一年（1905年），王树枏（nán）被调往兰州道（今甘肃兰州），四年后升任新疆布政使。在前往新疆的途中，他创作了《哈密道中》组诗七首，本诗就是其中的一首。

 细解字词

① 平似掌：形容道路的平坦宽阔，给人以苍凉之感。
② 残月：残缺不圆的弯月。
③ 西风：西边吹来的风，多用来指秋风。
④ 星星峡：在今新疆哈密和甘肃安西的交界处，旧时也称"猩猩峡"。
⑤ 坦卧：即平躺。
⑥ 毡（zhān）车：常见于北方的交通工具，以毛毡为篷的车子，既可乘坐，又可居住。

 古诗今义

前往新疆的沙地平坦似手掌，
远方天空的一弯残月如蛾眉。
从西边吹来的风渡过星星峡，
在毡车中沉睡的人浑然不知。

 **教你赏析**

星星峡地处新疆和甘肃的交界处，是入疆道路上的重要关口。诗人选取了经过星星峡时的夜景，以简洁的语言记录了赴疆途中的景象。

诗歌前两句"长道乱沙平似掌，远天残月细如眉"是对星星峡的实景描写，为我们描画了一幅星星峡晚景图。两句诗都运用了比喻的修辞，前一句将星星峡的道路喻为摊开的手掌，显示出边地开阔的地理风貌；后一句将天上的弯月比作古时候女子的蛾眉，纤细修长，勾勒了入疆途中所见的月景。"乱沙"与"残月"两个意象，为全诗增添了苍凉之感。

诗歌后两句"西风吹渡星星峡，坦卧毡车睡不知"则带有叙事的意味，讲述西风经过星星峡一路东去，而在毡车中睡去的行人则没有察觉。或许有读者会好奇，写下"睡不知"的诗人到底是"知"还是"不知"呢？大家不妨可以自己思考一下。

全诗的语言平实易懂，比喻修辞的使用让风景的刻画更加生动，不过从细节中还是能够传递出沿途的苍茫和行路的疲倦。

 丝路景语

星星峡，旧称"碛（qì）口"，位于新疆哈密最东部，长约15公里。星星峡是天山山系中星星山的一个峡谷，由于受到风力侵蚀，星星山逐渐打开了一个狭窄的山口，便形成了星星峡。清朝末年和民国初年时，星星峡也被称为"猩猩峡"。

从地理位置来看，星星峡是从河西走廊入疆的必经之处。如果将哈密比作入疆的第一城，那么星星峡就是名副其实的门户了。前面说过，隋唐时期的商旅和使者也会选择瓜州至伊吾的新北道前往西方,这条道路就会经过星星峡。有学者借助文献资料推测,唐代著名的驿站冷泉驿就在今天的星星峡。

林则徐在入疆时也到过星星峡,在他的《荷戈纪程》中,记录了星星峡向来具有"宿站"的作用,虽然古时的星星峡居民稀少,比较荒凉,但作为长路上的休息点,仍旧发挥了重要作用。

今日风貌

作为甘肃和新疆的地理分界,星星峡见证了历史上两种不同风格的文化的发展。1996 年,星星峡恢复建镇,林则徐记录中曾经只有"一两店"的星星峡,慢慢发展出不少饭馆、旅馆、修理铺、杂货铺等,以满足往来行路者的需求。生命的绿色点亮了戈壁的灰色,从峡谷两

▲ 纪念雕塑

侧山崖上依次分布的许多土碉堡中，还依稀能看到这个重要关隘的昔日印记。

星星峡还记录了中国共产党革命历程中的重要事件。1937年，一支红军队伍经过艰苦卓绝的行军和作战后，终于突破重围，抵达星星峡。后来，人们为纪念这支红军队伍的到来，在星星峡竖立起了雕塑。

你知道吗

"星星峡"还是"猩猩峡"？

为什么星星峡在清末的时候又被称作"猩猩峡"呢？是不是因为这个地方真的有猩猩存在呢？你一定很好奇这个名字的由来。据说，"猩猩"二字是左宗棠改写的。1875年，陕甘总督左宗棠被任命为钦差大臣督办新疆军务。当年，星星峡路段的交通还非常艰险，左宗棠为运送军队所需的粮草费尽了心思。1880年6月，左宗棠将出征的办公地从肃州（今甘肃酒泉）迁到哈密，当队伍行进到星星峡这里的时候，他看到这个给西征带来巨大困难的山峡，觉得像一头面目狰狞的野兽立在那

猩猩峡！

里，于是就在公文中给"星星"二字加上了反犬旁，以发泄心中的苦闷，所以就有了"猩猩峡"这个别称。不过，这只是一个表现星星峡道路艰险的小故事，关于"星星峡"的名字，有一个较为贴切的说法——因为星星峡所在的星星山上产石英石，洁白晶莹，每当皓月当空之时，山上的石英石好似满天星斗，闪烁动人。于是，石头得名星星石，山得名星星山，山之峡取名星星峡。

关/于/诗/人

王树枏（约1852—1936），字晋卿，号陶庐，直隶新城（今河北高碑店）人。清光绪三十二年（1906年），任新疆布政使，曾主持编纂《新疆图志》。著有《陶庐文集》《文莫室诗集》。

古诗里的交河故城

入塞①

唐·刘希夷

将军陷虏围②,边务息戎机③。
霜雪交河④尽,旌旗入塞飞。
晓光随马度⑤,春色伴人归。
课绩⑥朝明主,临轩拜武威⑦。

创作背景

刘希夷的生平记事中并未显示他到过西北边地,但他创作的一些边塞从军题材的诗作却相当有特点——场面生动,气势恢宏,这首《入塞》便是其中的代表作。

细解字词

① 入塞:乐府旧题,题材多表现边塞征战。
② 陷虏(lǔ)围:攻破敌人的防守。陷,攻破,占领。
③ 息戎机:平息边地战事。息,停止,平息。戎机,军事行动。
④ 交河:古地名,在今新疆吐鲁番西北约5公里处交河城故址。
⑤ 度:同"渡",横过水面,也泛指由此到彼的移动。
⑥ 课绩:指古代对官员的政绩考核。
⑦ 临轩:指古代皇帝不坐正殿而在御前殿接见臣属。"轩"可指古代的一种车,而殿前台阶之间近檐处两边有栏杆,像车上的栏杆,所以将皇帝在前殿接见臣属称为"临轩"。武威:这里是指古代将军的名号。这句话的意思是说皇帝在御前殿接见凯旋的将军,论功行赏。

古诗今义

将军率兵攻破敌军,边地的战争因此平息。
交河城中霜雪融化,军旗在边地随风飘扬。

日光随着马步移动,春色迎接归来的军队。
将军回朝报告政绩,君主封他为武威将军。

这首军旅题材的乐府诗神采飘逸,生动豪放,洋溢着积极进取的精神。

诗歌一、二句书写了边地的战况,在将军的带领下,英勇奋战的士兵们赢得了胜利,边地战事得以平息。初唐和盛唐时期,国家边防强大、文化繁荣,因此文人笔下的边塞往往也呈现出积极的景象。对他们来说,战争有残酷的一面,但更有浪漫和豪迈的一面。

接下来的几句,诗人用移动的视角,描绘了军队归途中的景象。"霜雪交河尽,旌旗入塞飞"间接交代了时间和地点:这场战事发生于冬末春初,距离交河城较近,如今冰雪随战事的结束消融,飘扬的军旗随队伍归来。"晓光随马度,春色伴人归"两句则直接描写将士凯旋途中的春风得意:军马身披晨光,军队所到之处都点染上了春光。诗句融情于景,春天的美好与军队的喜悦相互交织,展现出一片生机勃勃的景象。

"课绩朝明主,临轩拜武威"写的是将士回朝。对于古代的将领来说,最大的荣耀莫过于得到君主的赏赐和提拔。"武威"是将军名号,历史上的武威将军不止一位,其中东晋时期的陶舆(yú)最为著名,他骁勇善战,据说敌人在战场上遇到他时,都不敢正面抵挡。

整首诗给人以时空上的流动感,从冬日到初春,从边塞到京城,寄予了诗人对戍边将士们的美好期望。

 **丝路景语**

　　交河故城，也称雅尔湖故城，位于今天新疆吐鲁番西部的亚尔乃孜（zī）沟，因为建立在两河交汇处 30 米高的土崖上，所以取名"交河"。如果我们从空中俯瞰，会发现交河故城就像是一片漂在水上的柳叶。

　　交河故城的历史变迁较为复杂。由于独特的地理优势，两千多年以前，车（jū）师人首先在这里建城。西汉时期，为了开辟东西方往来的通道，可通天山南北的交河城就成为了关键。为此，汉朝曾与匈奴多次围绕交河城展开激烈争夺，史称"五争车师"。汉神爵二年（公元前 60 年），趁着匈奴内乱，汉王朝终于取得了决定性的胜利。

　　交河城最鼎盛的时期在唐代。唐贞观年间，大唐军队西征高昌国，在此设立了交河县；唐贞观十四年（640 年），唐朝又将西域最高军政中心安西都护府设立在交河，以维护丝绸之路的畅通。城内建筑的建制和格局类似唐长安城，中央大道贯穿南北，将居住区分为东西两部分。位于中央大道北端的大佛寺，是交河故城中现存 53 处佛寺遗址中规模最大的，大殿东北有一组壮观的塔林，其西北方则是地下佛寺。西行

▲ 交河故城塔林示意图

的高僧玄奘和大诗人岑参都曾在交河留下足迹。

不过从13世纪末到14世纪,吐鲁番盆地战火连年,见证了丝路兴衰的交河城也在战火中损毁严重,在西北的风沙中渐渐失落。

由于吐鲁番一带气候干燥,因此交河城的建筑遗址得以保存下来。考古学家惊奇地发现,交河城格局完整,坊曲街巷清晰地将城市分成三大区域:官署区、手工作坊和居民住宅区、佛教寺院区。城内很多建筑具有塔柱,这是汉唐以来受佛教建筑风格熏陶的结果。城中还发现了车师国贵族墓葬、唐代莲花瓦当、经卷、陶片等文物。此外,汉文、梵文、突厥文、西夏文、吐火罗文等出土文书,对研究西域历史、宗教、艺术等,具有重要价值。1961年,交河故城被列为第一批全国重点文物保护单位;2014年,作为"丝绸之路:长安—天山廊道的路网"中的遗址点之一,被列入《世界遗产名录》。

▲ 交河故城遗址

 **你知道吗**

交河故城是怎样建造的呢？

　　交河故城是全世界最大、最古老、保存得最好的生土建筑城市，"生土"就是未焙烧而仅作简单加工的原状土。建城时，人们先在地表规划好建筑结构，然后依据"减地留墙"的原则向下开凿，因此城中大小建筑的墙体，大多是从生土台地表面向下"挖"出来的，最深的部分能有三层楼高！之所以采用这样向下开凿的建筑手法，得益于吐鲁番盆地气候干燥，年降水量小且蒸发量大，所以夯（hāng）土不易被雨水侵蚀。交河故城就像一座庞大的雕塑，生动展现了古代人民的建筑智慧。

关于诗人

　　刘希夷（约651—约679），字延之，汝州（今河南汝州）人，初唐诗人。唐高宗上元二年（675年）中进士，善弹琵琶，潇洒肆意。其诗以歌行见长，内容多表现从军、闺情，语言华丽婉约，情感大部分比较感伤。《全唐诗》存其诗一卷。

古诗里的柳中城

鲁陈城①
明·陈诚

楚水秦川②过几重，柳中城里遇春风。
花凝③红杏胭脂浅，酒压④葡萄琥珀浓。
古塞老山⑤晴见雪，孤村僧舍暮闻钟。
羌酋举首遵声教⑥，万国车书一大同⑦。

创作背景

明永乐十一年（1413年），陈诚奉命出使西域。他从北京出发，渡黄河到达长安，又经咸阳、兰州，穿越河西走廊，出玉门入西域，访问了十七地。本诗就描绘了途经鲁陈城所见的风景。

细解字词

① 鲁陈城：即柳中城，在今新疆鄯（shàn）善县鲁克沁镇。
② 楚水秦川：古楚地的江河湖泽和秦岭以北的平原地带，这里泛指诗人途经的山川。
③ 凝：凝结，聚集。
④ 压：压榨。
⑤ 老山：指新疆天山。
⑥ 羌酋（qiú）：指西域部族的首领。声教：指天子的声威教化。这句的意思是西域诸国与中原交好。
⑦ 车书：秦始皇定天下，制定了统一的度量、车轨宽度和文字。这里指天下统一的太平盛世。

古诗今义

历经江河湖泽与平原高山，在柳中城迎来了拂面的春风。
绽放的杏花似美人的胭脂，葡萄制的美酒如金黄的琥珀。

山顶的积雪在阳光下闪耀，寺院的钟声在黄昏时分响起。
边地部族与中原往来友好，天子的制度通行于太平盛世。

教你赏析

陈诚曾写下 92 首《西域纪行诗》，记录自己西行途中的见闻，本诗就是其中的一首。诗中的柳中城是一方塞外绿洲，诗歌的一、二句以寥寥数语交代了诗人一路上跋山涉水，终于来到了城内的喜悦心情，"遇春风"三个字一扫行路的苦闷，也为接下来对于城内美好生活的描绘做了铺垫。

"花凝红杏胭脂浅，酒压葡萄琥珀浓"可以说是对鲜花、美酒的"特写镜头"。"凝"有"凝结"之意，这里形容枝头杏花的红色特别明媚，好像美女使用的胭脂一样动人。"压酒"则是一种制酒的手法，诗人用琥珀色来形容葡萄酒，更突显了当地物产的优良品质。"古塞老山晴见雪，孤村僧舍暮闻钟"则将镜头拉远，勾勒出一片有音有画的边塞景象。这里诗人抓取了晴天的雪山和黄昏的村落两幅画面，相比起鲜花和美酒的艳丽、浓郁，古塞老山和孤村僧舍书写了边地的悠远、寂寥之感。

"羌酋举首遵声教，万国车书一大同"是洋溢着爱国热情的欣慰结语。永乐年间，明朝正处于强盛期，中外交往也呈现出繁华景象。诗人看到这里政治安定、百姓富足，边地部族因真心景仰而愿意遵从天朝的声威教化，不禁想到了"车同轨，书同文"的盛景，从而心旷神怡，豪情万丈。

丝路景语

柳中城,明代也称柳陈、鲁陈,位于火焰山南麓,曾是一座与交河故城、高昌故城齐名的西域名城。"城廓日日柳年年,火焰山下杨柳春"是古人描绘城中杨柳春风的句子,陈诚的记述则更为细致:"城方二三里,四面多田园,流水环绕,树林阴翳。"当地的气候适合种桃、杏、甜瓜、葫芦、枣等果蔬,城中盛产无籽葡萄,居民善酿葡萄酒。

因为水源充足,土壤适宜种植,所以柳中城在历史上是重要的屯田区,为驻守边地的军队提供了物质保障。东汉名将班超的儿子班勇,曾经率领五百士兵屯田柳中,他联络调集河西走廊和西域诸国的军队力量,收复了车师六国,为维护丝绸之路的畅通起到了积极作用。

唐灭高昌后,柳中城更名为"田地县",属于西州(今新疆吐鲁番一带),是丝绸之路上的重要驿站。此后柳中城又归属过高昌回鹘王国、察合台后王。清代吐鲁番郡王额敏和卓将自己的王府建设在此,柳中城成了当时吐鲁番绿洲上的政治、经济和文化中心。据说,额敏

▲ 柳中城王爷府遗址

和卓时期还曾用柳中城的城墙作为马车往返王府的大道，可见旧时城墙的宽阔和坚固。

 今日风貌

今天，我们能在新疆鄯善县鲁克沁镇中找到柳中古城的遗迹。研究发现，古城的内城和外城均呈长方形，规模宏大。城中散落的唐代陶片和唐、宋时期的钱币，标志着古人在此地的活动。清代吐鲁番郡王额敏和卓的郡王府遗迹被当地人称为"王爷台"，由黄黏土夯筑而成，曾经建有一座三层中式楼阁。因为悠久的历史和深厚的文化积淀，2013年，柳中古城被列入第七批全国重点文物保护单位。当地政府在正对遗址的道路上修建了一座仿古城门，题写着"柳中城"。

▲ 柳中城城门

你知道吗

陈诚共出使西域几次呢？

永乐年间，明成祖朱棣（dì）希望通过取道陆路和水路，加强与国外的交流和联系。说到水路，我们一定会想到郑和率领的远洋船队，但与其同时期从陆路出使西域的使者陈诚，所受关注却不多。实际上，从明洪武二十九年（1396年）到明永乐二十二年（1424年），陈诚共出使西域五次，年近花甲仍在进行访问工作，为东西方文化交流与贸易发展做出了巨大贡献。这位优秀的外交家还将自己一路的见闻悉心整理，将西域诸国的政治、经济、文化、地理、风俗、饮食、建筑等内容汇集在《西域行程记》《西域番国志》《奉使西域复命疏》等作品中，至今看来仍然鲜活生动，妙趣横生。

关于诗人

陈诚（1365—1457），字子鲁，号竹山，吉水（今江西吉水）人，明代使者、地理学家。他曾先后五次出使西域，并根据西行见闻写作了《西域纪行诗》92首，与他人合著《西域行程记》《西域番国志》二书，这些材料对明代中西往来历史研究具有重要价值。

古诗里的火焰山

经火山[①]

唐·岑参

火山今始见，突兀[②]蒲昌[③]东。
赤焰烧虏云[④]，炎氛[⑤]蒸塞空。
不知阴阳炭[⑥]，何独然[⑦]此中。
我来严冬时，山下多炎风。
人马尽汗流，孰知造化[⑧]功。

 **创作背景**

唐天宝八载（749年）冬，岑参离开京师长安赴边地，任安西节度使高仙芝幕府掌书记。次年途经蒲昌县（今新疆鄯善）时，他有感于火焰山的神奇景观，写下了本诗。

 **细解字词**

① 火山：即火焰山，在今新疆吐鲁番市北部。
② 突兀（wù）：高耸的样子。
③ 蒲昌：古代县名，因为靠近蒲昌海（今罗布泊）而得名，即今新疆鄯善。
④ 虏云：指边地上空的云。
⑤ 炎氛：热气。
⑥ 阴阳炭：这里可以理解为自然界的热能。
⑦ 然：同"燃"，燃烧。
⑧ 造化：创造万物者，即大自然。

 **古诗今义**

久闻火焰山之名，今日才得以见到，山体高耸在蒲昌东边。山岩赤红接云彩，如同燃烧的火焰，热气充斥在边地上空。不知道自然界中的能量从何而来，为什么仅仅在这里燃烧？

我抵达此地的时候正是严冬时节,但是山下却多刮起热风。
人和马在这山下因炎热汗流浃背,谁能解答自然的奥妙呢?

 教你赏析

　　本诗记录了岑参途经火焰山时的所见所感,表达了诗人面对火焰山这一奇特景观的惊叹和对自然的热爱。诗歌的想象奇特,意境宏大,与诗人初次到访边塞,渴望一展宏图的志向相关联。

　　诗人首先记录了自己刚来到火焰山时的情景。"火山今始见"一句交待了诗人此刻的行迹,从侧面表达火焰山奇景早已声名远扬;"突兀蒲昌东"则简单交待了火焰山的地理位置。紧接着"赤焰烧虏云,炎氛蒸塞空"具体描绘了火焰山烈焰燃烧,热气弥漫在整座山的上空,给人一种紧张之感。诗中的"烧"和"蒸"两个动词将火焰山火势的威力和不断延伸的状态刻画得极为生动。不过,这种景象可能并非实景,而是诗人运用夸张手法表现的浪漫想象。

　　面对火焰山的奇特景象,岑参联想到贾谊《鵩(fú)鸟赋》的"天地为炉兮,造化为之;阴阳为炭兮,万物为铜",只有大自然这一造物主才能解释火焰山的广阔与热焰。诗歌最后四句是诗人对神奇自然的感叹,严冬时节的火焰山却吹着热风,人与马的热汗让读者身临其境,同时也从侧面表现了行路者的繁忙与辛苦。

　　全诗语言流畅,带有一定的叙事性,让读者仿佛也置身于火焰山下,感受到灼热逼人的气氛。岑参的诗歌,带我们领略了一千多年前唐代边地的瑰丽风光。

 **丝路景语**

火焰山是天山支脉之一,山体主要由砂砾岩和红泥岩构成,在维吾尔语中又被称为"克孜勒塔格",意思就是"红山"。这里是丝绸之路北道上的一处关隘,是从伊吾(今新疆哈密)前往高昌(今新疆吐鲁番)的必经之地。

吐鲁番盆地古时也称"火州",是我国西部著名的"火炉"。地处吐鲁番盆地中部的火焰山深居内陆,来自海洋的湿润气流难以进入,所以这里长年云雨稀少,气候干燥。再加上吐鲁番盆地积聚的热量难以散失,每当夏季烈日当空,在阳光的照射下,炽热的气流翻滚上升,纵向分布的小冲沟就好像升腾的火焰,于是火焰山就有了"焰云缭绕"的奇特景观。

吐鲁番曾属于古代高昌国,丝路枢纽高昌城就在火焰山南麓,唐代玄奘西行取经时,曾在高昌城作短暂停留。高昌国对佛教极为重视,在火焰山沿线开凿石窟,制作佛像,柏孜克里克石窟、吐峪(yù)沟石窟和胜金口石窟都是火焰山中具有代表性的高昌石窟艺术。其中,柏孜克里克石窟是高昌石窟中现存洞窟最多、壁画内容最丰富的石窟。

 **今日风貌**

今天,火焰山依然挺立在吐鲁番盆地,绵延100多公里。一到炎热的夏季,裸露在太阳烘烤下的山体温度可达70℃以上!火焰山有一根"金箍棒",不过那可不属于孙悟空,仔细看会发现那是一根温度计,它是世界上最大的

▲ 火焰山温度计

立体造型温度计。虽然山上的温度令人透不过气来,但山体本身却又是天然的地下水库大坝。这是因为火焰山阻挡了下渗的地下水,在山体北侧形成了地下水溢出带,于是便有了山上寸草不生,山腹沟谷绿茵蔽日的独特生态。著名的葡萄沟就位于火焰山下的一处峡谷中,这里产出的葡萄极为香甜。

目前,火焰山以我们熟悉的古代小说《西游记》为主题,设立了一系列人造景观,比如唐僧上马时的"踏脚石",过路时的"拴马桩",还有高峰处的"八戒石"。这些景象为今天的火焰山增添了许多趣味。

 你知道吗

火焰山真的有火吗?

相信大家一定还记得《西游记》里土地公描绘的火焰山成因:孙悟空大闹天宫,踢翻了太上老君的炼丹炉,炉砖落到人间,形成了火

借来芭蕉扇,翻越火焰山!

焰山；后来师徒四人途经此地，只能去向铁扇公主借宝扇灭火过山。不过这当然只是一种想象，那诗人岑参笔下的火焰山到底是不是假想呢？据考察发现，火焰山山体的地层中含有煤层，近地表的煤层因炎热的环境加速氧化，会释放出大量热量，并在达到着火点后自发燃烧。岑参诗歌中的"阴阳炭"很可能就是指煤炭，红色的山体与地表的高温相结合，就有了"人马尽流汗"的景象。

关/于/诗/人

岑参（约715—770），荆州江陵（湖北江陵）人，因官至嘉州（今四川乐山）刺史，所以世称"岑嘉州"。唐天宝三载（744年），岑参进士及第，后两次出塞，先随高仙芝到安西、武威，后又往来于北庭、轮台间。其诗风格雄浑，意象新奇，色彩瑰丽，与高适同为盛唐边塞诗派代表，合称"高岑"。有《岑嘉州集》传世。

古诗里的坎儿井

四十八坎儿

清·施补华

海族群吹浪①,疆臣远负戈②。
田功③相与劝,水利④至今多。
垂柳家家树,回流处处科⑤。
白头遗老在,怀德涕滂沱⑥。

 **创作背景**

本诗原题为《伊拉里克河水利，林文忠公遣戍时所开，所谓四十八坎儿也，贤者所至，有益于民如此》。诗人曾出嘉峪关至新疆，任左宗棠部将张曜（yào）的幕僚，有感于当地的建设，以诗歌追思当年林则徐兴修水利、整治田地的功绩。

 **细解字词**

① 海族：指鸦片战争中进犯我国沿海地区的英国海军。林则徐因严禁鸦片遭到记恨和诬陷，被流放至新疆伊犁。
② 疆臣：清代称总督、巡抚为封疆大吏，简称疆吏或疆臣。负戈：手持兵器，指林则徐远赴边疆治理地方。
③ 田功：指发展农业生产。
④ 水利：开挖水渠，引水灌溉。
⑤ 科：通"窠"，坑洞，这里指坎儿井。
⑥ 滂沱（páng tuó）：雨势盛大的样子。这句表现了当地人怀想林则徐的功德而泪流满面。

 **古诗今义**

英国海军在沿海聚集兴风作浪，镇关大臣遭到诬陷而远赴边疆。（他）帮助当地百姓发展农业，开挖水渠并探究兴建灌溉系统。

于是家家户户门前都种下杨柳,各个坎儿井中水源都充沛不绝。当年的人们如今已经白发苍苍,每每想起疆臣的功德不禁泪流。

教你赏析

本诗主要以叙事的口吻,为我们讲述了林则徐当年被贬新疆时对当地农业生产和开发所做的贡献,这些功绩始终铭记在当地百姓心中,读来令人感动。

前两句首先交代背景。18世纪,英国殖民主义者向中国大量输入鸦片,严重毒害了中国民众。钦差大臣林则徐在广东严禁鸦片,整顿水师,抵抗英军,道光皇帝却听信谗言将他流放至新疆伊犁戍边。于是就有了诗歌中对于林则徐建设西部的描绘。

清道光二十二年(1842年),林则徐到达伊犁,此后大力发展农业生产,开发边疆以巩固边防。他翻阅了新疆屯田档案资料,带领民众开挖水渠,建坝筑堤,推广坎儿井的修建,并将农业和纺织技术引入当地。对于"田功"和"水利"的描绘表达了诗人对林则徐的称颂,正是得益于这些建设,边地才能呈现"垂柳家家树,回流处处科"的美好景象。

三年后,林则徐接清政府通知整装东归。从诗人对当地百姓的描绘中可以看出,那些已白发苍苍的老人回忆起林则徐当年的功绩,仍感激落泪。这里并不是一种夸张的手法,因为"坎儿井"后来也被当地人称为"林公井",表达了人们对林则徐的怀念。

整首诗简洁易懂,饱含深情。曾远赴边地的诗人也同当地百姓一样,对林则徐充满了发自内心的敬佩之情。

坎儿井,在维吾尔语中也称"坎儿孜",是一种古老的地下水利设施,维系了新疆吐鲁番—哈密盆地一带绿洲的生存,与万里长城、京杭大运河并称为"中国古代三大工程"。

坎儿井的历史非常悠久,是古代人民为应对自然环境的智慧发明。吐—哈盆地海拔低,热气不易疏散,北部的博格达山陡峭雄伟,遮挡了北方的温润气流,即便有部分流入,遇到盆地上空的高温蒸发极快,而南部则是山脉和沙漠,因此全年降水量都很稀少。

为了获得流量稳定且不易蒸发的水源,人们想到在高山雪水潜流

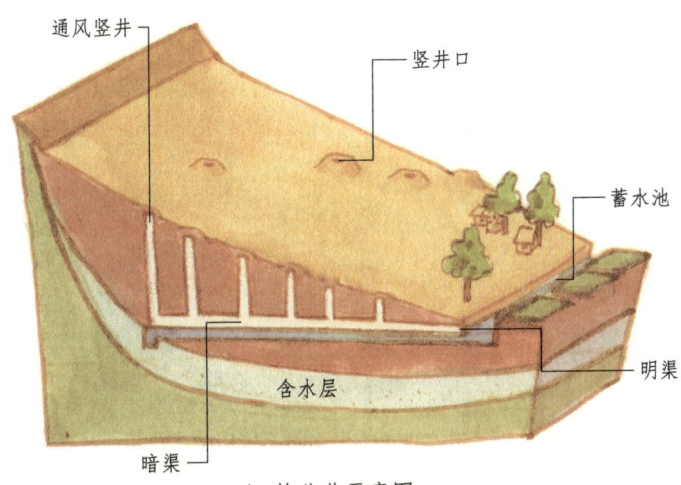

▲ 坎儿井示意图

处寻找水源，间隔一定距离，开凿深浅不等的竖井，然后再依地势高低在井底修通暗渠，沟通各井，引水下流。地下渠道的出水口与地面相连接，把地下水引至地面灌溉田地。因而坎儿井大体上由竖井、地下暗渠、地面明渠和涝坝（小型蓄水池）四部分组成。坎儿井不单是"井"，更是一条由许多竖井构成的人工开凿的地下河，为高温少雨、气候干燥的吐—哈盆地带来了生命之水。

今天，坎儿井仍然在新疆地区发挥着巨大作用，它不仅是一项伟大而智慧的水利工程，更是我们珍贵的历史文化遗产。如果我们想要参观坎儿井，了解坎儿井的历史和特点，可以前往吐鲁番的坎儿井乐园或坎儿井民俗园。坎儿井民俗园中有一座坎儿井博物馆，分为地上和地下两部分，地下部分包含有吐鲁番典型的米依木·阿吉坎儿井，它已有800多年历史。博物馆中长约百米的地下参观通道就是米依木·阿吉坎儿井下游的一段井渠，通过施工展示区和实景区，游客可以真切感受坎儿井暗渠和竖井的原貌。2006年，坎儿井地下水利工程被列入第六批全国重点文物保护单位。

哪个民间传统节日与坎儿井有关呢？

位于新疆哈密伊吾县东部的下马崖乡，是一个以种植小麦、玉米和瓜果为主的农业乡，这里没有大江大河，当地人只能靠着几处泉眼和十几条坎儿井进行生产活动。下马崖乡号称坎儿井文化的"活标本"，当地有一项与水文化有关的节日——清泉节。每年6月9日，下马崖乡的民众会自发组织前往坎儿井和泉眼处，清理淤泥，疏通渠道。劳动结束后，大家围坐在一起烧水煮茶，分享美食。清泉节是新疆唯一融节水、爱水、增水及木卡姆、麦西来甫歌舞为一体的民间传统节日，节日的主题是爱护坎儿井，珍惜水资源，团结友爱，祈求水神和井神保佑人们的生活。2007年，清泉节被列入新疆非物质文化遗产保护名录，成为伊吾县具有代表性的文化节庆活动。

关于诗人

施补华（1835—1890），字均甫，乌程（今浙江湖州）人，清代诗人、官员。清同治九年（1870年）中举人，曾入左宗棠幕府，随军出嘉峪关，至阿克苏进入张曜幕下。施补华文词简洁，气象雄阔，著有《泽雅堂文集》《岘（xiàn）佣说诗》。

古诗里的铁门关

题铁门关楼①

唐·岑参

铁关天西涯②,极目③少行客。
关门一小吏,终日对石壁。
桥跨千仞危④,路盘⑤两崖窄。
试登西楼⑥望,一望头欲白⑦。

创作背景

本诗和《经火山》一样,也创作于诗人赴任安西节度使高仙芝幕府途中。途经铁门关时,艰辛的行路和边地的萧瑟引发了诗人内心的愁绪,于是他就写下了此诗。

① 铁门关:通往西域的关口,在今新疆巴音郭楞蒙古自治州库尔勒市北郊。
② 天西涯:形容极遥远的西方。
③ 极目:远望。
④ 千仞危:形容极为高峻。
⑤ 盘:弯曲的样子。
⑥ 西楼:指铁门关上瞭望用的小楼。
⑦ 头欲白:因路途艰难,内心愁苦,头发将白。

铁门关地处偏远的西边,极目远眺也少见行人踪迹。
这里只有一个守门小吏,他只能整天面对悬崖峭壁。
桥架在高峻的峭壁之上,路盘曲在对峙的石崖之间。
我登上铁门关城楼远望,眼前的景象令我涌起愁思。

教你赏析

我们前面已经读过雁塔题诗（《礼慈恩寺题诗》）和题画诗（《题阳关图》），这首诗则表现了古代的题壁诗传统，此诗最早可能就题写在铁门关城楼的墙壁上，记录了诗人当时的所见所感。

诗歌一、二句交代了铁门关地理位置偏远，人迹罕至，为全诗奠定了寂寞、忧愁的情感基调。接下来写诗人见到的守门小吏，他终年孤单一人，只能与冰冷无情的石壁相伴，从侧面再次强调了此地的偏远。同时，诗人也是以小吏写自己，对于从繁华京师来到荒凉边地的诗人来说，心中不免也有孤独和愁闷。

然后，诗人将目光聚焦至铁门关的具体环境。铁门关扼守峡谷，左右崖壁极为陡峭。诗人以"桥"和"路"两个意象，从侧面表现了山高路险，展现出其边塞诗想象奇异、峭拔俊逸的特点。这样奇险的道路勾起诗人内心思乡的愁苦，登上城楼时发出"一望头欲白"的感慨。可见当时的铁门关，对长期生活在中原一带的人而言，是多么遥远险峻的关隘啊。

 丝路景语

诗歌中的铁门关，扼守着孔雀河上游长达14公里的陡峭峡谷的出口，在古代地理名著《水经注》里，这段峡谷被称为"铁关谷"。当我们听到"铁门关"这个名字时，自然就会产生"固若金汤"的联想。历史上有多处"铁门关"——武汉铁门关、山海关铁门关、乌兹别克斯坦铁门关，而库尔勒铁门关的诞生，与两条山脉息息相关。

库鲁克山和霍拉山中间有一条逼仄的峡谷，人们在这条峡谷的中段,也就是孔雀河的大拐弯处,修建了古铁门关,如果站在山上俯瞰,可以看到极为蜿蜒曲折的古道。正因为这一险要的地理位置,库尔勒铁门关历来是金戈铁马之地,《晋书》中记载了前凉部将张植曾率军入铁门关,与焉耆(qí)王大战。

铁门关是沟通南北疆的交通孔道,也是古代丝绸之路上的要冲,从这处险要关口可通往塔里木盆地,再沿着孔雀河一路西去。从诗歌中就可以知道,唐代在铁门关有驻守人员来稽查过路的行旅。此外,铁门关附近还设有专门的驿馆,为来往的商旅提供休息点,我们从岑参的另一首边塞诗《宿铁关西馆》中就可以了解,有兴趣的读者不如自己读一读吧!

今天,我们看到的铁门关城楼是库尔勒市政府重新修建的仿古砖木门楼,门楼洞壁上悬挂有木刻书法,内容正是岑参的《题铁门关楼》

▲ 库尔勒铁门关

一诗。关后绝壁上留有清代将军刘锦棠题写的"襟山带河"四个大字，意思就是说这里依山绕河，地势险要。铁门关以北、孔雀河东岸的公主峰上，有一座公主墓，那是后人为缅怀古焉耆国公主卓赫拉和牧羊人塔依尔的纯洁爱情而修建的。昔日奇险的铁关谷孔雀河上建起了水电站和大水库，为当地的生产生活和蓄水防洪带来了便利。

 你知道吗

孔雀河从哪里来？

　　孔雀河为铁门关和铁关谷注入了活力，也是库尔勒市的"母亲河"。在孔雀河畔，种植着广受好评的库尔勒香梨。那么，这条穿越峡谷的生命之河到底从哪儿来呢？其实这得归功于天山南麓焉耆盆地内的博斯腾湖。博斯腾湖，古称"西海"，在蒙古语中意为"站立"。湖面东西长55公里，南北宽25公里，是我国最大的内陆淡水湖，享有"瀚海明珠"的美誉。无论是夏季的碧波万顷，还是冬季的冰封千里，都

▲ 博斯腾湖风光

能带给游客触动内心的自然景观。这里也是新疆最大的渔业生产基地，每年产草鱼、鲢鱼、鲤鱼等32种鱼类约4000吨。2014年，以博斯腾湖风景为主的博斯腾湖风景名胜区被评为国家5A级旅游景区，2017年升级为博斯腾湖国家湿地公园。

关于诗人

岑参（约715—770），唐代著名边塞诗人，盛唐时代，他创作的边塞诗数量最多，成就最突出。他两次出塞写的西域写景诗，表现出不同的风格和主题，第一次主要抒发思乡之情，第二次则在奇山异水中注入爱国豪情。这些作品不仅为传统的写景诗引入了新的元素，而且还表现出英雄主义气息，突破了中国传统山水文化，对于后世有深远影响。

古诗里的轮台

水调词①(其十)
唐·陈陶

万里轮台②音信稀,
传闻移帐③护金微④。
会须麟阁⑤留踪迹,
不斩天骄⑥莫议归。

 **创作背景**

组诗《水调词》应该是为大曲《水调》的演奏所服务。诗人从一位闺中少妇的视角出发进行创作,展现了晚唐时期的动荡时局。

 **细解字词**

① 水调:《水调》本为乐府曲名,唐代有《新水调》,后发展为大曲。
② 轮台:古地名,结合本诗用的典故,应是指汉代西域三十六国中的轮台,在今新疆巴音郭楞蒙古自治州轮台县南。汉武帝时,轮台国为李广利所灭,置使者校尉的官职,在这里屯田驻兵。古诗中常常用"轮台"来泛指边塞。
③ 移帐:迁移篷帐,指军队转移。
④ 金微:山名,即阿尔泰山。秦汉时名"金微山",隋唐时称"金山"。
⑤ 麟阁:即麒麟阁,相传是汉武帝猎获一只麒麟后,在未央宫中修建的。汉宣帝时,霍光、苏武、张安世等十一位功臣的图像,被画在麒麟阁上。后来诗中常用"麒麟阁画像"来形容卓越的功勋或最高的荣誉。
⑥ 天骄:汉时匈奴用"天之骄子"来自称,后来用这个词指代强盛的边地民族或其首领。

 **古诗今义**

万里之外的边地音信稀少,

听说大军转移去护卫金山。
愿他成为麒麟阁上的功臣,
等到他打败敌军便会凯旋。

教你赏析

《水调词》共有十首,是连缀成篇的边塞组诗。诗人通过闺中思妇的视角,也就是我们所说的"对面落笔"的创作方法,用细腻的笔调和情感,将战争给人们带来的精神上的痛苦表现得淋漓尽致。本诗选取的是《水调词》的最后一首,在这组诗歌中,思妇已经体会了分别、理解、期盼、失望和思念等多重的情感变化,最终只可通过想象中的边地战况,期盼丈夫早日建立功业,凯旋还家。

一、二句平铺直叙,简洁明了。"音信稀"和"移帐"都是从边地生活中提炼出的典型细节,既交代了征战之地的遥远,也点出了战事紧张的现实。

三、四句直抒胸臆,情感豪迈。"会须麟阁留踪迹"运用了汉代麒麟阁画像的典故,但这里的巧妙之处在于,整组诗歌选择的是闺中思妇的视角,这句诗是思妇对于丈夫的心理上的揣摩,既表现了古代征战之人对于建功立业的渴望,也暗含了家乡亲人的无奈之情。尽管思妇能够理解征战之苦和战士的奋发向上,但在等待一家早日团聚的过程中,无限的思念又令人哀愁。

虽然诗歌语言极为简单,但通过对面落笔的写作方式,展现了人们内心的痛苦和煎熬,以曲笔批判了无休无止的战事。

丝路景语

诗歌中的汉轮台,地处天山之南、塔里木盆地北缘的荒漠地带。早在春秋时期,汉轮台所在地就出现了聚落。考古学家认为,这里很可能就是从前西汉仑头国的都城。据《史记》和《汉书》的记载,李广利奉汉武帝之命西征大宛时,曾途经仑头国并攻城而入,后来汉军就在此屯田驻兵,同时也为往返西域的使者提供便利。轮台城被当地人称为奎(kuí)玉克协海尔古城(也称"柯尤克沁"),在维吾尔语中意为"灰烬城"或"烧毁的城"。民间有一个传说,天神为惩治荒淫无度的仑头国王,火烧仑头城,国王和城一同化为灰烬,于是有了"灰烬城"的名字。

需要注意的是,历史上其实有两个轮台。除了汉轮台,还有唐轮台,后者位于天山之北,在今天的乌鲁木齐或其周边地区,但具体的地点,学界还没有形成定论。下一次当你读到"轮台东门送君去,去时雪满天山路"(《白雪歌送武判官归京》)或"僵卧孤村不自哀,尚思为国戍轮台"(《十一月四日风雨大作》)时,不妨思考一下,诗中的"轮台"到底是指汉轮台还是唐轮台。

今日风貌

1957年,奎玉克协海尔古城被列为第一批自治区级文物保护单位,并定名为"轮台故城"。古城位于新疆巴音郭楞蒙古自治州轮台县境内,城址平面呈圆角长方形,周长约900米,四周仅存墙基。城内残存的房屋等建筑因为土地盐碱化严重,结构已经难以辨认。近年来,经过新疆文物考古研究所与北京大学考古文博学院的联合考古,明确了奎

▲ 轮台城布局示意图

玉克协海尔古城始建于公元前5世纪，它是目前新疆经科学考古发掘年代最早的城址，为研究天山南麓人群由早期聚落向城邦演进提供了重要的线索。奎玉克协海尔古城被认为极有可能是汉代西域都护府的旧址，这对古代丝绸之路的研究具有重要意义。不过这个未解之谜，还有待考古专家的进一步研究。中国科学院遥感与数字地球研究所曾通过遥感、电磁和探地雷达等探测技术，为我们"复原"了这座古城的外貌。

你知道吗

"沙漠英雄树"是什么树？

从轮台故城出发，沿着沙漠公路继续向南前行，就会到达塔里木盆地北缘的轮台胡杨林森林公园，这里有世界上面积最大、分布最密、保存最完整的天然胡杨林。在维吾尔语中，"胡杨"被称为"托克拉克"，意思就是"最美丽的树"。胡杨根系发达，可深入大漠的地下攫取水分，具有惊人的抗干旱、御风沙、耐盐碱的能力，生命力极强。胡杨的存在，对防风固沙，稳定荒漠河流地带的生态平衡，调节绿洲气候和形成肥沃的森林土壤，都具有十分重要的作用，因此人们亲切地将其称为"沙漠英雄树"。胡杨还是古代在西北边地修筑城墙、房屋时的常见木材，夯墙时夹以胡杨枝、红柳等，可增加建筑的稳固性。

关于诗人

陈陶，生卒年不详，字嵩伯，剑浦（今福建南平）人，晚唐诗人。曾在长安游历，后隐居洪州（今江西南昌）西山。有《陈嵩伯诗集》传世。

古诗里的龟兹乐

听安万善吹觱篥①歌

唐·李颀

南山截竹为觱篥,此乐本自龟兹②出。
流传汉地曲转奇,凉州胡人③为我吹。
傍邻闻者多叹息,远客思乡皆泪垂。
世人解听不解赏,长飙④风中自来往。
枯桑老柏寒飕飗⑤,九雏鸣凤⑥乱啾啾。
龙吟虎啸一时发,万籁百泉⑦相与秋。
忽然更作渔阳掺⑧,黄云萧条白日暗。
变调如闻杨柳春⑨,上林⑩繁花照眼新。
岁夜⑪高堂列明烛,美酒一杯声⑫一曲。

创作背景

李颀（qí）曾写过三首音乐诗，一首写听琴（《琴歌》），一首写胡笳（《听董大弹胡笳弄兼寄语房给事》），还有一首就是本诗，写的是觱篥（bì lì）。诗人在听完凉州胡人安万善的演奏后，用诗歌淋漓尽致地描绘了这位乐师高超的演奏技巧，极具情态。

细解字词

① 觱篥：古代簧管乐器，汉代从西域传入内地，是隋唐至宋代宫廷乐舞中的重要乐器。
② 龟兹：古西域国名，在今新疆库车一带。
③ 凉州胡人：即安万善。凉州：在今甘肃武威。
④ 长飙（biāo）：狂风，形容乐声急骤。
⑤ 飕飗（sōu liú）：拟声词，形容风声迅疾。
⑥ 九雏（chú）鸣凤：汉乐府《陇西行》中有："凤凰鸣啾啾，一母将九雏。"这里是形容乐声细杂清越。
⑦ 万籁：指自然界的各种天然声响。百泉：流泉的声音。
⑧ 渔阳掺（càn）：著名鼓曲，借指悲壮凄凉之声。
⑨ 杨柳春：唐代有《杨柳枝》，从北方民歌《折杨柳》发展而来，曲调哀婉，多抒发思乡之情。
⑩ 上林：即上林苑，古代园囿，这里借指唐宫。
⑪ 岁夜：除夕夜。
⑫ 声：动词，听。

古诗今义

从南山截断竹子做成觱篥,这种乐器出自西域龟兹国。
传入汉地的曲调更加新奇,凉州胡人安万善为我吹奏。
邻座的听众个个感慨叹息,思乡的游子人人悲伤落泪。
世人只知听曲却不懂欣赏,乐曲迅猛如狂风呼啸而过。
有时像枯桑老柏沙沙作响,有时像成群雏凤啾啾啼鸣。
有时如龙吟虎啸迸发吼声,有时如秋日泉涌万籁齐鸣。
忽然如《渔阳掺》般悲壮,仿佛乌云聚拢令日光暗淡。
忽然如《杨柳枝》般哀婉,仿佛上林苑中百花齐绽放。
除夕夜烛光照亮高大厅堂,我一边喝酒一边欣赏乐曲。

教你赏析

诗人李颀善于用篇幅较大的七言古诗描摹音乐。本诗正面描绘觱篥的音乐特征,将听觉感受化为笔下文字,表现出演奏者的高超技巧和盛唐时期的音乐特征。

诗歌前四句交代背景,点明乐器觱篥来自龟兹,此刻演奏乐师为胡人安万善,呼应标题,简洁明了。

中间十二句描摹音乐,借用意象和通感,生动刻画了以觱篥演奏的龟兹乐为听众带来的种种感受。"傍邻闻者多叹息,远客思乡皆泪垂"是总写,表现乐曲哀婉感人的特点,接下来则由"听"进入"赏",具体感受乐声的特征。诗人巧妙地将觱篥的声音转化为生动的画面:时而如狂风过境,迅猛急促;时而如寒风吹树,沙沙作响;时而如九雏鸣凤,啾啾啼叫;有时是龙吟虎啸般的猛烈壮阔,有时又是万籁交织般的空灵自然。这些连缀的意象不断变化,但总体又围绕觱篥凄切哀婉的声音特点,带给读者身临其境的感受。

接下来四句同样借用生动的比拟,勾勒出乐曲的灵活多变。相传《渔阳掺》是汉末名士祢(mí)衡创作的鼓曲,沉着而悲壮,如尘沙漫天,乌云蔽日;而《杨柳枝》是唐代教坊改编的乐曲,表达思念之情,如春日园林,百花齐放。诗人用视觉写听觉,这种描写方法被称为通感,通过极强的画面感展现乐师能在不同风格、不同情绪的乐曲间转换自如,可见其演奏技艺的精妙绝伦。

最后两句又回到现实。在被烛光照亮的厅堂中,值此除夕之夜,身处异乡的诗人只能靠着美酒和音乐来排解苦闷,这一情感正与觱篥的哀婉相呼应。北宋的晏殊曾在《浣溪沙》词中写下"一曲新词酒一杯,去年天气旧亭台,夕阳西下几时回",与本诗中抒发的委婉愁绪具有一脉相通的特征。

丝路景语

龟兹是汉代西域三十六国之一,是古代丝绸之路上的明珠,其建筑、雕塑、壁画、乐舞经由丝路,对中原文化产生了巨大影响。龟兹乐是龟兹文化的代表,据《隋书·音乐志》记载,前秦苻(fú)坚手下的大将吕光出征西域,灭龟兹,将龟兹乐带到了凉州。后来南北朝时,北周武帝

▲ 隋代彩绘陶坐部伎乐俑(其一)
现藏于河南博物院

娶突厥公主为皇后,龟兹有名的音乐家苏祇(zhī)婆也随嫁来到中原,并将龟兹"五旦七调"的乐理带到长安,使得中原音乐为之一变。

龟兹乐在隋唐宫廷非常受欢迎。除了诗中提到的觱篥,演奏时还有琵琶、箜篌(kōng hóu)、笙(shēng)、笛、箫等乐器,一首曲子需20多位乐师配合,演奏时边上还有舞者伴舞,可谓是别具一格的"视听盛宴"。

今日风貌

龟兹乐的旋律已在历史中消逝,今天,我们能从壁画、舍利盒等文物上,发现古龟兹国的服饰造型和乐舞动作。1903年,日本大谷探险队在古龟兹国的苏巴什佛寺遗址发现并带走一只木制彩绘舍利盒。研究者们后来发现,剥去舍利盒表面的颜料,盒身绘有精美的龟兹

▲ 龟兹乐舞舍利盒
现藏于日本东京国立博物院

乐舞图,是研究西域艺术极为珍贵的资料。龟兹乐所蕴含的艺术底蕴是潜移默化、生生不息的,有学者认为,维吾尔族古典音乐套曲《十二木卡姆》的乐器、结构和韵律与龟兹乐相通,这也从侧面向我们证明了丝路文化之间的相互影响。

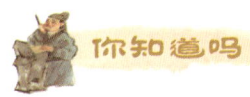

你知道吗

觱篥是一种怎样的乐器？

觱篥，古代又称筚篥、悲篥、笳管，以竹为管，管口插芦制的哨子，比竖笛粗些，哨嘴较大，按管身的开孔数可分为大觱篥（9孔）、小觱篥（6孔）。吹奏觱篥时，气流通过舌簧产生振动而发声。唐代，觱篥在宫廷乐队及民间乐队中处于领奏地位，因此也被称为"头管"。后来，觱篥还东传至朝鲜、日本。至今，觱篥仍是日本雅乐演奏中的主要乐器之一。

关于诗人

李颀（约690—约751），赵郡（今河北赵县）人。唐开元二十三年（735年）进士及第，曾任新乡县尉，后辞官隐居。李颀与王维、高适、王昌龄等人都有唱和，擅长七言歌行，其边塞诗、音乐诗、咏史怀古诗都有佳作，风格豪放，气势壮阔。《全唐诗》存其诗三卷。

图书在版编目（CIP）数据

古诗里的丝绸之路.风物篇/吴舒静，张思桥主编.—
上海：少年儿童出版社，2022.1
ISBN 978-7-5589-1197-2

Ⅰ.①古… Ⅱ.①吴… ②张… Ⅲ.①古典诗歌—诗集—中国 Ⅳ.①I222

中国版本图书馆CIP数据核字（2021）第238189号

古诗里的丝绸之路·风物篇

吴舒静 张思桥 主编

子木手绘 内文插图
施喆菁 装帧

出版人 冯 杰

责任编辑 沈 佳 美术编辑 施喆菁
责任校对 黄亚承 技术编辑 许 辉

出版发行 上海少年儿童出版社有限公司
地址 上海市闵行区号景路159弄B座5-6层 邮编 201101
印刷 永清县晔盛亚胶印有限公司
开本 720×980 1/16 印张 10 字数 110千字
2022年1月第1版 2023年6月第2次印刷
ISBN 978-7-5589-1197-2 / I·4808
定价 39.80元

版权所有 侵权必究